ラルーナ文庫

宿恋の契り
～魍魎調伏師転生譚～

真宮藍璃

三交社

宿恋の契り ～魍魎調伏師転生譚～

Illustration

カミギ

宿恋の契り

～魍魎調伏師転生譚～

本作品はフィクションです。
実際の人物・団体・事件などにはいっさい関係ありません。

鮮血の赤に染まるぼやけた視界。

辺りには腐臭と肉の焦げた臭い(におい)が漂い、土ぼこりが立ち込めている。

『紅焔(こうえん)！　おい、しっかりしてくれ！』

『クソッ、血が止まらねえ！　このままじゃまずいぞっ』

耳に響く悲痛な声の主は、こちらを覗き(のぞき)込んでいる二人の男たちのものか。あまりにも視界が悪く、顔を確かめることはできない。

その上、どうやら自分は死にかけているらしいと感じるが、何故(なぜ)だか現実感がない。まるで誰(だれ)かの視界に入り込み、世界をただぼんやりと眺めている傍観者にでもなったような、そんな感覚だ。

『……二人とも、もう、いいです。私はじきに死ぬでしょう』

不意に聞こえた声は、この目の持ち主だ。喉(のど)の震える感触に、肺にまで血が溢れ(あふれ)ているのを感じる。

『魍魎(もうりょう)を調伏することはできませんでしたが、この命と引き換えに封じ込めることはできた。私の魍魎調伏師としての使命はここで終わりです。おまえたちも、もうすぐ自由に……』

『そんなこと言わないでくれ！　俺はあんただからついてきたんだぞ！』

『俺だってそうだよ、紅焔。どうか死なないでくれ！』

男たちの言葉に、死にかけた男――紅焔が、くぐもった声で唸る。

それから、どこか嬉しそうな声で言う。

『おまえたちがそう言ってくれて、私は嬉しいですよ。ではどうか、最後に私のわがままをもう一つだけ、聞いてくれますか？』

『何だっ？　何でも言ってくれっ！』

『あなたの言葉がわがままなどであるものか』

男たちが答えると、紅焔が両手を二人のほうへ伸ばして告げた。

『私の血肉を、摂ってください。そして五百年後、再び……』

言葉を言い終わらぬうちに、紅焔の視界が薄れていく。

ついにこと切れたのだろうか。

（……いや、そうじゃないな。これはいつもの、夢なんだ）

覚醒と共に消えゆく夢の風景。色も臭いも洗い流されて、明るい光が閉じた瞼に射してくる。

『待っているよ。必ずまた会えると信じてる』

『約束だ、紅焔。俺たち二人は、あんたを……』

残された男たちの声が耳にこだまする。

やがてそれも、遠ざかって消えゆき――。

「……う、んん……？」

部屋の明るさから朝が来たことを感じながら、叶野水樹（かのうみずき）は瞼を開いた。

時計の針は七時。

今日は在籍している美術大学の講義のあと、アルバイトのシフトが入っている。

劇的な夢の余韻は、ありふれた日常に呆気（あっけ）なく散らされる。

（でも、何だか今日は続きが描けそうな気がするな）

水樹はベッドを飛び出し、隣室へと入っていった。

寝間着のまま、絵の具がたくさんついたエプロンを身に着け、壁際のイーゼルに立てかけてある描きかけのキャンバスの前に立つ。

今よりもずっと昔の時代。血に染まる戦場に立つ痩身（そうしん）の美しい男と、彼につき従う銀髪の武者が二人。

何か邪悪で強大な敵と戦っている彼らの絵を、長く単身赴任中の父の書斎をアトリエ代わりに使って描き始めて、もうずいぶんになる。

ときどき同じ夢を見て目覚めることに気づいたのは、まだ十代初めの頃のことだった。

夢に出てくる男たちの表情などもほとんど見えないので、起きると詳細を綺麗（きれい）さっぱり忘れているのだが、血なまぐささが妙にリアルで生々しい夢なので、最初は少し怖いなと思った。

でもそれが何年も続くと、逆にその夢が一体何を意味しているのか、どうしてそんな夢を見るのかが気になって仕方がなくなってきた。それであるとき、夢を絵に描き起こしてみようと思い立ったのだ。

「銀髪、綺麗だったな。顔も覚えていられたらいいのに……」

夢の記憶は早くも薄れ始めている。何であれとにかくキャンバスに描き留めようと、水樹は筆を取り上げた。

■　■　■

「いらっしゃいませ。何名様ですか？」

水樹は店の入り口まで行き、入ってきた客に訊ねた。

大学の近くにある喫茶店、『ペーパー・ムーン』。

水樹のアルバイト先であるこの店は、四人がけのテーブル席が五つとカウンター席が五つある、焼き菓子が評判のごく落ち着いた店だ。

学生はもちろん、大学の教員や職員もよく立ち寄ってくれるので、やや気軽な雰囲気もある。

「あれ、水樹くん？　課題終わってないんじゃなかったっけ？　バイトしてて大丈夫なの？」

「あ、大丈夫です先生。大体めどがついたので、提出日の明後日には間に合います」

「水樹くん、二番テーブルのコロンビアブレンドとアメリカン、できたよ」

「はい、マスター！」

「水樹くーん、お冷もらえるかな？」

「少々お待ちくださーい」

艶やかな黒髪に澄んだ大きな瞳。色白な肌に映えるさくらんぼ色の口唇。

幼い頃から絵を描くことが好きで、あまり運動にも親しまなかった水樹は、やせ形で身長も一六五センチと小柄なこともあり、いかにも美大生らしい繊細な容姿をしている。

しかし両親や年の離れた兄姉、祖父母に可愛がられて明るく裏表のない人懐っこい性格に育ったためか、振る舞いや態度からは十八歳という年相応の、嫌味のない初々しさがにじみ出ている。

大学に進学してすぐにアルバイトを始めて半年だが、店のマスターにも客にも親しみを込めて名前で呼ばれ、店の雰囲気になじんでいる。

　水樹がこの店をとても気に入っていることもあるが、実は密かに会うのが楽しみな客がいるのも、長く働けている理由だ。

（今日辺り、来てくれそうな気がするんだよなあ、ジンさんとライさん）

　なじみの客、と水樹が呼ぶのも少々おこがましい気がするが、水樹がアルバイトのシフトを入れている日に、よく二人揃って来てくれる。

　時間は大体いつも、夕方の今頃で――。

「いらっしゃいま……、あっ、こんにちは！」

「やあ」

「……おう」

　まるで水樹の心を読んでいたみたいなタイミングで、二人が店に現れた。

　長身の二人が店に入ってくると、それだけで店の空気が華やぐ。

　先に店に入ってきた男、ジンのほうが、笑みを見せて言う。

「こんにちは、水樹。今日も頑張っているみたいだね」

「おかげさまで。あの、いつものお席でいいですか？」

「ああ、頼むよ」

　ジンが頷いたので、二人をいつものテーブル席へと案内する。

そこは店の少し奥まった場所にあり、静かにお茶の時間を過ごしたいらしい二人にはちょうどいい。水樹にとっても、給仕をするついでにほんの少しだけ話をすることができるので、二人が来たときにはいつもそこに案内する。

あとから店に入ってきたほうの男、ライが、席に着くなりぼそりと言う。

「……ブレンドとレモンパイ」

「俺はアールグレイと、あとフルーツケーキを頼むよ」

「はい、かしこまりました。すぐにお持ちしますね」

オーダーを書きつけて、カウンターのほうへと戻る。

お冷の用意をしながらチラリと視線を向けると、ジンが文庫本を取り出して読み始め、ライがヘッドフォンをつけて音楽を聴き始めたのが見えた。

いつもの二人の見慣れた姿に、何となしに安心感を覚える。

(今日も素敵だな、二人とも)

二人は双子の兄弟で、水樹が在籍している現代美術研究学科の卒業生だ。

ジンとライというのはニックネームで、国内や海外でアーティスト活動をしているらしく、たまに大学内のアトリエを使うためにやってくる。

紅茶党のジンはいつも小粋なジャケットとパンツに身を包み、洒落(しゃれ)たアクセサリーを身に着けて髪も丁寧に整えた、どちらかというと煌(きら)びやかな姿をしている。気さくで話好きで、学科の先輩だからと水樹を名前で呼び始めたのは、彼が最初だった。

一方ブラックコーヒーを好むライはジンよりも体格がよく、長い髪をキリッと束ね、革ジャンとデニムにワークブーツといった飾り気のない格好をしている。ジンと違って寡黙で武骨な印象だが、物腰は優しい。

二人が醸し出す雰囲気はいかにも美術家といった洗練された風情で、水樹にとっては憧れの先輩なのだが――。

(いつ見ても不思議な感じだなあ)

水樹が二人に出会ったのは、ここでアルバイトを始めてすぐの頃だ。

店のマスターやほかの客は彼らのことを知っていて、水樹に紹介してくれたのだが、そのときにも、そして今も会うたびに、水樹は感じている。

ジンとライには、もっと前にどこかで会ったことがあるのではないか、と。

「お待たせいたしました」

「ああ、ありがとう。ん、いい香りだ」

紅茶とコーヒーをテーブルに運ぶと、ジンが本を閉じてそう言った。

形のいい眉と、垂れ目気味な目元。瞳はほんの少しだけ赤みがかっている。目鼻立ちのはっきりとした彼の顔には、やはり確かに覚えがある。

ヘッドフォンを外してレモンパイの皿を受け取ってくれた、ライの大きな手。ジンとは違い、やや青みのある瞳が覗く切れ長な目と、高い鷲鼻。そして薄い口唇にも、記憶を揺さぶられるものがある。

　二人とも少し浮世離れした容貌で、年齢不詳だが、水樹には二十代後半くらいに見える。十歳ぐらいの年の差だとすると、幼い頃に出会っているのだろうか。でも、一体どこでだろう。

「……？　何だ？」

「え」

「俺の顔に何かついているか？」

「あっ、いえ、すみません、じっと見たりして！」

ライに訝しげに問いかけられて、慌ててかぶりを振った。ジンがクスリと笑って言う。

「ライはいつも仏頂面だからなぁ。たまには笑ってみたらどうだ？」

「悪いが作り笑いに興味はない。おまえと違って不器用なんでな」

「ひどいなあ。俺、作り笑いなんてしたことないよ？　水樹と会うと楽しい気分になるから、自然と笑みがこぼれちゃうんだ」

「そ、そうなんですか……？」

リップサービスじみたことをさらりと口にするジンに、ライが呆れたみたいに首を振る。

でもジンの言葉には嘘を感じないし、ライに無理に笑ってほしいとも思わない。

二人が二人らしくそこにいてくれれば、水樹はそれで――。

（……変なの。何だか、ずっとそう思ってきたみたいだ）

二人の何を知っているわけでもないのに、そんなふうに思うのは本当に不可思議だ。どうしてこんな感覚になるのだろうと首を捻るけれど、確かめる方法もない。

何か話のきっかけでもあれば、訊ねてみたいのだが。

「ところで水樹。この前、もうすぐ誕生日だって言ってたよね？」

不意にジンに訊ねられ、そんな話をしたことを思い出す。水樹は頷いて言った。

「はい。来月で十九になります」

「そうか。じゃあこれ、もらってくれるかな？」

ジンが言いながら、懐から赤いリボンのついた包みを差し出してくる。もしや、誕生日のプレゼントだろうか。

「えっ、これ、僕にですかっ？」

「ああ、そうだよ。俺たち二人からの贈り物」

「本当に……？」

思いがけぬサプライズに胸が高鳴る。

ためらいながらも包みを受け取ると、嬉しさがこみ上げてきた。

ほのかな憧れを抱いていた二人から、個人的に誕生日を祝ってもらえるなんて。

「ありがとうございます。その、何て言っていいか、僕なんかのためにわざわざ……！」

「何言ってるんだ。きみだからこそだよ。いつもここでお世話になっているしね。よかったら、今開けてみて？」

「あ……、で、でも、今は仕事中で！」

「大丈夫だ。誰も見ていない」

「誰も……？」

確信を持って言い切るみたいなライの言葉に、おずおずとカウンターのほうを振り返る。

すると、マスターがカウンターの客たちと楽しげに話をしているのが見えた。

ほかのテーブルの客たちもそれぞれにティータイムを楽しんでいる。

何だかふっと時間が止まったみたいだ。

（せっかく、いただいたんだし……）

ほんの少しの間なら、きっとここにいても大丈夫だろう。水樹はためらいながらもリボンをほどき、包み紙を剝がした。

中から出てきた木箱のふたを開けると、そこには銀細工のブレスレットが入っていた。

「凄い……、綺麗ですね！」

鈍く光るいぶし銀の、ずしりとしたブレスレット。

水樹の細い腕には少々大きいが、何やら力強さを感じる。

「ライがデザインしたんだ。彫金は俺と二人で」

「手作りなんですかっ？」

「想いを込めて作った。きみのために」

「僕の、ために……？」

そんなにも心のこもったプレゼントを、出会ったばかりの喫茶店の店員に渡すなんてと、少々戸惑(とまど)いを覚える。

でもこちらを見つめる二人のまなざしはまっすぐだ。何かからかわれているとか、そういうことはなさそうだと思える。

「着けてみて、水樹」

「は、はい」

ジンに促されて、ブレスレットを腕に着けてみる。

見た目通りの重量感だ。線の細い水樹には、少しばかり大きい気がするが、手作りのアクセサリーだからか、何となしに温かみを感じる。

磨かれた部分と黒く曇った部分が、まるで光と影のようにくっきりと模様を浮かび上がらせている。

『……これで、ひとまず安心ですね』

「っ？」

ブレスレットをじっと見ていたら、不意に誰かの声が聞こえた気がしたので、慌てて周囲を見回した。

だが傍には誰もおらず、店に新しく誰かが入ってきた様子もない。

一体今のは何だろう。

「あの、今の声って」

「声?」

「聞こえませんでした? 温かくて、柔らかい……」

絶対にどこかで聞いたことのある男性の声だった。

そして彼が語りかけたのは、水樹にではなく二人にだった気がする。ジンとライに、いつものように言葉を――。

(いつもの、ように?)

そう思った途端、胸に懐かしくも慕わしい感覚が湧き上がった。

やはり、気のせいではない。水樹は二人を知っているのだ。恐らくここで出会うよりもずっと前から。

「あの、ジンさん、ライさん。僕、この店で会うよりももっと前に、どこかでお二人に会ってませんかっ?」

「水樹……?」

「実はお二人のお顔を見るたびにそう思ってて……。もしかしてお二人とは、ずっと前からの知り合いなんじゃないかなって、そう感じてたんです！」

思わずひと息にそう言うと、二人が一瞬黙ってこちらを見つめてきた。

それから二人が、チラリと視線を交わし合う。その顔に何となく意味深な表情が浮かんでいたので、水樹は興奮気味に訊ねた。

「やっぱり会ったことがあるんですねっ？　どこでですか？　高校とか？　それとも、もっと子供の頃に……？」

「おーい、水樹くーん」

「！」

詳しく訊き出そうとしたところで、止まった時間がまた進み始めたみたいに、不意に水樹の耳にマスターの声が届いた。

仕事中だったことを思い出してハッと我に返った水樹に、ジンが告げる。

「マスターに呼ばれてるよ、水樹。もう行ったほうがいい」

「で、でも……」

「いずれ思い出す。それを肌身離さず身に着けていたらな」

ライが静かに言って、コーヒーをひと口飲む。

何やら煙に巻かれたみたいな気分になりながら、水樹は二人の顔を順に見つめていた。

「げ、もうこんな時間！」

翌日のこと。

日が暮れてすっかり暗くなった大学構内を、水樹は通用門に向かって歩いていた。

講義のあとに未提出の課題の制作をしていたら、いつの間にか夜になっていたのだ。何とか明日の締切には間に合いそうだが、ギリギリまでかかるのはあまり良くないと思う。

やはり、少しばかりアルバイトのシフトを入れすぎていたのかもしれない。

（でも、おかげでこんな素敵なプレゼントをもらえたし）

腕に着けた銀のブレスレットを眺める。

ずっしりと重いそれは、燃えさかる炎と流れる水とが繋（つな）がり、柔らかく結び合う様子を表した形をしていると、昨日帰り際に二人が教えてくれた。

炎と水なんてまるで正反対のもののように思えるけれど、力強く表現されたその意匠はたとえようもなく美しい。大げさでなく、着けているだけで何だか力が湧いてくるみたいだ。

それに。

（ちょっと、ワクワクしてきたな）

いずれ思い出す、と意味深に言われたときこそ混乱したが、二人の様子からして、きっと本当に昔会ったことがあるのだろう。

二人との年齢差は恐らく十歳くらいだと思うし、こちらが覚えていないくらい小さくても、向こうは物心ついてだいぶ経っていたはずだ。

二人と自分は、もしかしたら何か思いもよらぬ場所で出会った特別な関係で、これから予想外のことが起こるかもしれないと、そんな予感に心が躍ってしまう。

もちろん、ブレスレットを着けたときに聞こえた気がした声は、普通に考えたらオカルトチックで、少々怖くもある。

けれど、幼い頃から同じ夢を見て、それを絵に描いてみようなどと考える水樹にとっては、創作のイマジネーションを掻き立てられる出来事であったとも言える。ジンとライの二人ともっと親しくなれば、さらに新鮮な体験ができるのではないかと、何だかそんな期待まで湧いてくるのだ。

美術家として活躍している二人の話も、もっと聞いてみたいし――。

「……ん？　何だ、あれ……」

校舎と校舎の間を繋ぐ、ひと気のない通路。早足で駆けていた水樹の前を、不意に黒い影が横切った。

都内ではあるが比較的郊外のこの大学には、ときどきタヌキやハクビシンといった野生動物が現れる。その類か、あるいは野良猫だろうかと思ったのだが。

「えっ……」

視界の端へ消えたはずの黒い影が、今度は水樹の傍に現れて、その場で小さな竜巻みたいにぐるぐると回り始めたから、足を止めた。

風もないのに旋回する、黒くざわざわとした物体。

野生動物でも猫でもない。水樹の行く手を塞ぐみたいに徐々に大きくなっていく。

ちょうど人型くらいの大きさに成長し、腕や足に似たものを生やし始めた物体を瞬きもせずに見ていたら、頭の中に言葉が浮かんできた。

この化け物は、『魍魎の下僕』だと――。

(もうりょうの、げぼく？　どうして僕、そんな言葉をっ……？)

こんな不気味な物体は初めて見るのに、自分は確かにこれを知っている。危険を察知したように背筋がゾクゾク震え、全身には冷や汗が浮かんでくる。戦うか逃げるか今すぐ決めて、動かなければならないと強く思い始めた。

一体どうして、こんな感覚を覚えるのか。おののきながらも疑問に思った、その途端。

「わ、わあっ？　なにっ？」

いきなり腕に着けたブレスレットが震え、リンリンとベルのような音を立て始めたので、腰を抜かしそうになった。

だが今の水樹には、その意味も分かる。

これは警告だ。ハッと視線を上げ、周りを見回すと、目の前の化け物と同じ物体が何体も現れ、水樹を取り囲み始めた。

「ど、どうしよう、増えて……！」

黒い物体――『魍魎の下僕』たちは、明らかに水樹を狙っている。とにかく逃げなければと、後ずさろうとした瞬間、最初に現れた『下僕』が水樹のほうに飛びかかってきた。

「わ、わあっ！　来るなぁ！」

吐きそうなほどの恐怖を感じ、腕で頭をかばいながらしゃがみ込む。

するとブレスレットがひと際大きな音を立てて振動した。今度は何事かと、恐る恐る腕を見ると。

『ヴォオオ！』

水樹に襲いかかろうとした『下僕』が、この世のものとも思えないおぞましい声を立てる。ギョッとして目を見開くと、『下僕』から赤黒い煙が上がり、その体が蒸発し始めた。

水樹自身は何もしていないが、どうやら水樹の腕に触れたことでそうなったようだ。

もしやこのブレスレットが守ってくれたのだろうか。

「ひっ！　ちょ、来るな、あっちへ行けえ！」

一つ目の『下僕』が蒸発しきって消えてしまうと、今度は別の個体が襲いかかってきた。

そのたびに恐ろしい断末魔が耳を貫き、頭が痛くなる。

クラクラしながらも、守られているのならその間に少しでも逃げなければと思い、屈んだままジリジリと後ずさる。

しかしそうしている間にも、あとからあとから『下僕』が現れて、次第に退路もなくなり始めた。

「い、やだ、誰かっ、誰か助け……、ああっ？」

敵の数が多すぎたのだろうか、身を守ってくれているらしいブレスレットに、いきなりキンと音を立ててヒビが入る。

このままでは壊れてしまう。そうなったらきっともうおしまいだ。

「助けてっ、助けてくださいっ！　――ジン、ライ！」

焦燥に駆られて、頭を抱えて身を丸めながら思わず叫んだ二人の名。

その響きにまた懐かしく慕わしい気持ちを掻き立てられた、その刹那。

「見張ってて正解だったね。やっぱり守りの腕輪程度では埒があかないか」

「当たり前だろ！　おまえが迷っているからこういうことになるんだぞっ？」

「……っ？」

ジンのぼやきとライの叱責するみたいな声が間近で聞こえたので、驚いて尻もちをついた。

　顔を上げると、水樹を守るように左右に立つ、二人の男の大きな背中が目に入る。

　それがジンとライの背中だと気づいて、体の力が抜けそうになった。本当に助けに来てくれたのだ。

「ジンさん、ライさん！　僕……！」

「そこを動いちゃ駄目だよ？」

「おとなしくしていろ」

　水樹が半泣きになりながら呼びかけようとしたら、二人が遮るみたいに言った。

　動こうにも動けなかったので、おろおろと見ていると。

「……えっ、な、に……？」

　ヒュウッと風が吹いて、二人の髪がいきなり黒から銀色に変わり始めたので、我が目を疑った。

　目も逸らせずに凝視していると、今度は二人の衣服が白く変わり、形もまったく違うものへと変化した。体もひと回り大きくなり、むき出しになった腕や肩には隆々たる筋肉がせり上がってくる。

　一体何が起こっているのだろう。

（待って……、この姿って、まさかっ？）

何年もの間夢に見てきた、痩身の男と彼につき従う銀髪の武者たち。

今目の前に立っているジンとライの背中は、その二人の武者たちにそっくりだ。そして痩身の男は、水樹が今いる場所にいつもいて、二人の背中を見ている。

何故なら彼らはいつ何時でも男を守っているからだ。

彼らの『主』である男を――。

「向かってこい『下僕』どもっ！　この俺が相手だ！」

「俺もいるよ。一つ残らず浄化してあげよう」

ライが化け物たちを煽り、ジンと共に手を天に向かって突き出すと、二人の手元にまばゆい光の太刀が現れた。それぞれに太刀をつかんで、二人が『下僕』たちに向かって飛び出していく。

「ジンさん……、ライさん……？」

もはや頭がまったくついていかないが、二人が『下僕』たちを相手に太刀を振るい、次々と一刀両断していく目の前の光景は、夢で見てきたそれと同じだ。

鬼神のような、という言葉があるが、彼らは鬼神そのものだ。恐ろしい化け物を狩る彼らもまた、人間ではないのだ。

ふとそう思い至って、ゾクリと背筋が震えた。

では彼らは、何者なのだろう。

「っ……！」

ひと際大きな『下僕』に切りつけた二人が、どす黒い血糊にまみれる。

白い装束からじゅわっと音を立てて湯気が上がり、辺りに腐臭と肉が焦げたみたいな悪臭が漂った。

思わず鼻を手で覆うと、ジンが渋い顔で唸るように声を発した。

「……おいおい、ずいぶんと汚してくれたね？」

「こいつっ……、汚ねえだろうがぁあっ！」

ライが怒髪天を衝く勢いで叫び、『下僕』に切りかかる。ジンもギラリと目を光らせ、ライに続いて太刀を振るう。まるで火がついたみたいな強襲ぶりだ。

しかしよく見てみると、二人の体の血しぶきが飛んだ箇所が、酸でもかぶったみたいに爛れている。『下僕』の体は切り刻まれ、そのたびに二人は血まみれになって――――。

「あ……、あ」

あまりにも凄惨な戦いに、体が震える。こんな情景を、これ以上見ていたくない。見ていられない。

（い、やだ……、怖い……、こんなの、怖いっ……！）

本能的な恐怖に、アドレナリンが噴出したのか、肢を突っ張ったら立ち上がれたから、半狂乱になりながらも駆け出す。

とにかくここから逃げよう。逃げて現実へと戻るのだ。

「っ、おい、水樹、待てっ」

「独りになったら駄目だよっ」

背後から二人の声が聞こえてきたが、水樹は振り返ることなくただ走り続けた。


（二人とも、大丈夫かな）

――――さっき見た光景は、幻だったのではないか。

大学の最寄駅で何とか電車に乗り、いつもと変わらぬ日常の中へ身を沈めてしばらく経って、水樹は一瞬そう思った。

だがそれは、ただの現実逃避だと、腕のブレスレットを目にして改めて実感させられた。

磨かれて銀色に輝いていた部分は黒くくすみ、元から黒かった部分は僅（わず）かに腐食している。先ほど入ったヒビは深く中のほうまで続き、今にも割れてしまいそうだ。

逃げて誤魔化（ごまか）すことなどできはしない。やはりあれは、現実だったのだ。

（もしかして二人は、ああなるって分かってたのかな）

見張っていたと言っていた。

ブレスレットをくれたことも、あそこに現れたことも、彼らにとっては最初から決まっていた行動だったのだろう。二人は恐らく、水樹をあの化け物から守ろうとしてくれていたのだ。

でも水樹にはあの化け物が何者なのか思い出せないし、どうして襲われたのかも分からない。二人が夢に出てくる武者たちにそっくりだったことも不思議だし、考えれば考えるほど混乱してくる。

とにかく、今は家に帰ろう。一度落ち着いて起こったことを振り返ろう。

水樹はそう思いながら、重い肢を引きずるみたいに歩いて自宅の前までたどり着いた。

すると――。

「あれ、真っ暗だ」

普段なら、この時間は玄関脇の外灯がともっている。外で働いている同居の母や兄姉、定年退職して悠々自適の毎日を送っている祖父母も、誰もいないのだろうか。

「ただいま……？」

鍵を開けて入ると、家の中も真っ暗だった。

声をかけても返事はない。不審に思いながら、廊下の照明をつけると。

「じいちゃんっ？　ばあちゃんもっ……！」

廊下の突き当たりに祖父母が倒れているのが見え、慌てて駆け寄った。

恐る恐る触れた肌は温かく、脈も息もある。

揺すぶっても呼びかけても反応がなく、意識が戻らない。

とにかく救急車を呼ぼう。そう思い、携帯電話を取り出したところで、廊下に続くリビングの床に母と姉が横たわっているのが見えた。

「……そんな……、なんで、こんな……、に、兄ちゃんは？」

目の前の光景から逃げるように、廊下を戻って二階への階段を上る。

すると途中まで行ったところで、倒れている人間の足が見えた。

「嘘……、こんな、嘘だろっ……？」

信じたくない思いで横たわる体を揺すぶってみるが、兄も目を覚まさない。異様すぎる事態に胃がキュウっと縮み上がる。

『……そんなところにいないで、こちらへ来るがいい』

「っ？」

父の書斎のほうから地を這うみたいな低い声が届き、体が硬直した。

耳に、というより、意識に直接響いたような感覚は、先ほどの『下僕』の悲鳴と似ている。まさか水樹を追ってきたのか。

経験したこともない恐怖で、逃げ出したい気持ちだが。

（家族を置いては、いけない）

家にまで現れたのなら、どのみち逃げ場もないだろう。水樹は震える手でブレスレットを握り締めながら、父の書斎のほうへと歩いていった。

僅かに開いた扉を大きく開けると、水樹の描きかけの絵の前に黒衣の、というより、タールを塗り固めた彫塑のような人影が立っているのが目に入った。

『おまえが生まれ変わりか？』

「……生まれ、変わりって……？　ひっ……！」

人影が振り返ると、その顔には大きな穴が開いていた。

異形の化け物には、目も鼻も口もない。それどころか頭の向こうが透けている。

穴の奥から絞り出されてくるように、また化け物が訊いてくる。

『紅焔の生まれ変わりだな。「下僕」たちをやったのは、紅焔の眷属(けんぞく)たちか？』

「ひっぃ、や、来、ないでっ」

化け物がこちらへ近づいて、どろりと溶けたような手を差し伸べてきたので、慌てて逃げようとしたが、グンと伸びた腕で扉を閉められ、退路を塞がれた。

そのままドンと突き飛ばされて、扉に背中を押しつけられる。

ゾッとするほど低い声で、化け物が告げる。

『紅焔の気配を感じない。おまえはまだ、目覚めてすらいないのか』

「目覚めて……？」

『ならば……、死ね』

「っ！」

化け物の腕が、黒光りする剣のような形へと変化したから、ギョッとして目を見開いた。

そのままためらいなく振り下ろされたので、悲鳴を上げながら両腕で頭をかばう。

するとキンと金属音がして、化け物の動きが止まった。ふんと嘲るみたいな声を発して、化け物が言う。

『守りの腕輪か。しかし、次はない』

「……ぇ……、あ……、ああっ……！」

ジンとライがくれた銀のブレスレットが、消し炭のようになって割れ、ぽろぽろと床に落ちる。

万事休すだ。恐怖で流れだした涙を止めることもできず、ガタガタと震えながら化け物の穴の開いた顔を凝視すると、化け物はクックと肩を揺らして笑った。

『何と美しい恐怖だ。純粋な恐怖は我に力を与えてくれる。いいぞ、もっと恐怖を覚えろ……！』

「ひぅうっ！」

化け物の剣がザッ、ザッ、と音を立てて複数回振るわれ、体にヒリッとした痛みが走る。

ズルズルと床にへたり込み、何が起こったのか確かめようと体を見まわすと、水樹の衣服があちこち切れ、白い肌に何本もの蚯蚓腫れが浮かび上がっているのが見えた。

――自分はこれから、この化け物に嬲り殺しにされる。

直感的にそう気づいて、息ができなくなる。

「あ、あっ、たす、けて……、死にたく、なっ……」

『ジンとライを呼びなさい』

「え……」

錯乱しかかった頭に響いたのは、ブレスレットをはめたときに聞こえた穏やかな声だ。

二人の名を呼んだところで、家まで来てくれるわけなどないのに、温かくて柔らかいその声には、何故だか不思議な力を感じる。

ジンとライに助けてほしい。この恐ろしい化け物を追い払ってほしい。

水樹はかれそうなほどの大きな声で、言葉を発した。

「ジン！　ライ！　主の名において、おまえたちをここへ召喚する！」

（……えっ、僕、何を言ってっ？）

自分の声なのに自分が発した言葉とは思えず、一瞬何が何だか分からなかった。

けれど次の瞬間、ゴーッと突風が吹いて、部屋がカッとまばゆい光に包まれた。

『むう、式神か――』

苛立たしげな声と共に、化け物が形を失っていく。今度は何が起こったのか。

「ふう、ギリギリだったけど、ちゃんと召喚できたね、水樹」

「力を使えるならそう言え。危ないところだった」

「ジンさん、ライさんっ……？」

化け物が消えたと思ったら、目の前に銀髪白装束の二人がいたので、目を丸くした。召喚だの力だの、何を言っているのかさっぱり分からないし、どうしていきなり現れたのかも疑問だ。

「助けて、くれたんですか？　今の、何なんですっ……？」

「おやおや、そこは思い出せないのかい？　生霊だよ。五百年前に封印された魍魎、『翠巒』のね」

ジンが言って、水樹の足元に屈み込む。

「服ごと切られたのか。痛む？」

「大して痛くはないです。それより、僕の家族が――――！」

「悠長なことをやってる時間はないぞ、ジン。今すぐここから連れ出すべきだ」

自分のことよりまずは家族を診てほしいと、そう言おうとしたが、ライに言葉を遮られた。ジンがなだめるように言う。

「まあまあ、そう焦るなよライ。水樹の治療だけでも……」

「おまえが反対しても、俺は水樹を連れていく。異論はなしだ」

ライの言葉はきっぱりとしていて、議論を拒む響きがあった。ジンがため息をつく。

げた。

「あ、あの？　連れていくって、どこにっ、わ、わあっ？」

ジンが立ち上がって部屋を出ていくと、すかさずライが水樹の体をひょいと肩に担ぎ上げた。

荷物みたいに運ばれて廊下に連れ出され、うろたえる。

「ちょ、あの？　ジンさん？　何をして……？」

倒れている兄の傍にジンが屈み、首に手で触れて何か囁いていたので、怪訝に思い問いかけるが、二人は何も答えず一階へと下りていく。

リビングの母と姉、廊下の祖父母にも、ジンは同じようにして、それから立ち止まりもせずに玄関へと歩いていった。ライもあとに続き、そのまま三人で外に出てしまう。

水樹は慌てて言った。

「待ってください二人とも！　僕をどこに連れていくんですっ？　家族をこんな状態で置いていけないですよっ！」

「大丈夫だよ、水樹。みんな気絶してるだけだし、じきに目覚めるから」

「ジンさん、だけど！」

「それからね、ちょっと言いにくいんだけど、ご家族の記憶から、きみの記憶は全部消去させてもらった。アルバイト先と大学の人からも」

「はっ？」

「明日目覚めても、きみを覚えている人はいないよ。これから長い戦いになるし、今が別れる潮時だと思ってね」

「何を、言って……、意味が、分かりませんっ……」

記憶を消去、だなんて、そんな非科学的なことができるわけがない。何かの冗談だろうと一瞬思ったが、先ほどから起こっている出来事は、もはや科学で証明できるような事象ではない。

二人の黒髪が銀髪に変わったみたいに、水樹の記憶も親しい人たちの記憶から消え失せてしまったなんて――。

「考えるのはあとだ。飛ぶぞ」

「飛ぶ……、って？　わっ、わあああっ」

ライが水樹を抱えたまま、地面を蹴って（け）ロケットみたいに飛び上がったので、絶叫してしまう。

遠ざかっていく地面、家の屋根、町。

やがて雲までが眼下に見え、星空が周りを包んでいく頃には、水樹はあっさりとその意識を手放していた。

『……当に、驚かせてしまって。もう少し、時間があれば……』

誰かの静かな声がする。優しく慰めてくれるみたいなその声は、生霊に襲われた修羅場のさなか、水樹を助けてくれた声だ。

いろいろ話しかけてくれているようだが、何だか遠くてうまく聞き取れない。もっと大きな声でしゃべってくれたらいいのに。

『何があっても、ジンとライは味方ですよ。安心して彼らに身を委ね、身も心も結び合ってくださいね』

(身も心も、結び合う……?)

ずいぶんと親密な響きの言葉だが、それはどういう意味なのか。味方というからには、敵がいるのだろうが、あの化け物たちがそれなのか。

疑問に思っていると、徐々に意識が戻ってくるのを感じた。静かな声の主の気配が薄れていく。

「……待って！　もっと詳しく教えてくれないと！」

呼びかけた途端、水樹はハッと目を覚ました。

薄暗い部屋だ。視界いっぱいに広がる見たことのない木の天井。

そこへ、大きな影法師が伸びてくる。

「あれ、起きちゃったね」

「ジン、さん？」

「まだ真夜中だ。もう少し眠っててていいよ」

銀の髪に、白装束。瞳は明らかに赤みを帯びている。

こちらを覗き込むジンの姿は、水樹が知っていた彼ではない。親しみを感じる明るい表情や声は変わらないが、たぶん、あれはかりそめのものだったのだろう。

頭を動かして部屋を見回すと、そこは薄暗い和室で、水樹は布団に寝かされていた。ライは布団から少し離れた壁に背を預けて座り、目を閉じている。ろうそくの薄明かりの中に浮かび上がる彼の長い髪も、銀色をしている。

もぞもぞと起き上がると、ジンが気遣うように言った。

「ここは山の中にある俺たちの根城だよ。結界の中だから、魍魎も手出しはできない。心配しないで眠って」

「……もう、十分眠りました。それより、何が起こっているのか説明してくれませんか？」

「うーん、でも、朝になってからでも……」

「これ以上、訳が分からないまま振り回されたら、頭がヘンになりそうです。どうかちゃんと、説明してください」

そう言うと、ジンが思案げに水樹を見返してきた。壁際のライも、スッと目を開いてこちらを見る。

その瞳の色は青い。ジンと同じく、それが彼の本来の姿なのだろう。

二人の顔を順に見つめると、ジンが小首を傾げて訊いてきた。

「きみはどこまで思い出しているの、昔のことを？」

「ほとんど何にも。でも、どうやら僕は誰かの生まれ変わりらしくて、そのせいで命を狙われてて、お二人はその誰かの……、ええと、何て言ってたっけな、あの化け物」

「……『眷属』、か？」

ライに言われて、頷きながら続ける。

「そう！　それです。あ、そうだ、紅焔の眷属か、って訊かれた……。もしかして、その紅焔て人の生まれ変わりだって話なんですか、僕が？」

「そうだよ。きみは五百年前、強大な力を持つ魍魎の翠巒を封印した、魍魎調伏師紅焔の生まれ変わりなんだ。そして俺たちは、彼の眷属である式神の兄弟、迅雷だよ」

ジンが言って、両手を広げてみせる。

「俺たちは今際の際の紅焔に人型の肉体を与えられ、この世に繋ぎ止められた。それから五百年、ずっと待っていたんだ。彼の生まれ変わりが現れ、力に目覚めるのを」

「それが、僕……？」

「ああ、そうだ。今年はちょうど五百年目、あれはちょうど今時分の季節のことだった。『下僕』たちが現れるのもそろそろだろうと踏んで、きみを見守っていたんだ」

　ライが言って、こともなげに続ける。

「今後はここで共に暮らして、きみにかつての力を目覚めさせる。その力を使い、復活しつつある魍魎を倒すのが、調伏師であるきみの使命だ」

　きっぱりとした、ライの言葉。

　だがその意味はまったく頭に入ってこない。調伏師なんて聞いたこともないし、自分にその能力があるわけもないのに。

「とても、信じられない話です。だって僕には、何の力も……」

「でも、さっき俺たちをきみの家に呼んだじゃないか。少なくとも式神を使役することはできるってことだ」

「それもよく分からないんです。だって僕、名前を呼んだだけですもん！」

　水樹は言って、語気を強めた。

「お二人の主様という方が、何かとても凄い方なのは分かりました。けど、僕は到底希望には添えません。お願いですから、家族やほかの人たちの記憶を戻して、家に帰してください！」

　必死に訴えると、ジンとライが黙ってこちらを見返してきた。それからジンが、小さくため息をついて言う。

「困ったね。翠巒はもう生霊を飛ばせるくらい力を取り戻している。紅焔が命をかけて施した封印が解かれるのも、時間の問題だというのに」

「命を……？」

「ああ、そうだ。五百年前、紅焔は翠巒を倒しきれなかった。だが奴は凶悪な魍魎だ。逃がせば多くの人が死ぬ。だから彼は、身を投げ出して奴を封印した。五百年後の生まれ変わりに調伏の願いを託してな」

「つまり僕に、ってことですよね……、あっ、それって……！」

ジンとライの言葉に、心を揺らされる。

きちんと思い出すことはできず、ぼんやりとした影絵を見ているみたいに不明瞭だが、改めて詳しく聞いてみると、その話には覚えがある。

子供の頃から何度も見てきたあの夢。その中で、武者たちが話していたのだ。

短めの銀髪と、長い銀髪の武者。

それはやはりジンとライ、すなわち兄弟式神の迅雷だったのだ。

そして人々を守るために戦い、倒せずとも命をかけて押さえ込むことでそれを成し遂げた人物が、彼らの主である紅焔――。

「少しだけ、思い出してきました……。僕、たぶん紅焔さんの声を聞いたんです、お二人からブレスレットをもらってつけたとき。それから、さっき化け物に襲われたとき……。僕の夢の中に何度も出てきた人も、きっと彼だ」

「夢に？」

「はい。でも、それ以上は分かりません。顔も覚えていないし」

言葉を切って首を横に振ると、ライがゆっくりとこちらへやってきて傍らに座り、水樹の顔をしげしげと眺めて小首を傾げた。それから、思案げに告げる。

「生まれ変わりなのは確かなようだが、どうやら、昔の記憶のほとんどはまだ眠っているようだな。あまり猶予もないし、もう体で思い出させてやるしかないんじゃないか、ジン？」

「いや待て、それはさすがにまだ早いだろ！」

ジンが何故だか少し慌てた様子で言って、かぶりを振る。

「水樹の覚悟ができていない段階で、その手を使いたくはない」

「またそれか。そう言って待っていた結果、どうなった？　もう少しで我々や魍魎の存在を人間たちに知られるところだったんだぞ？」

「それは、そうだが……」

ジンが言いよどみ、ためらいながらこちらを見る。

妙に居心地の悪そうな表情だ。二人は何の話をしているのだろう。

「危険が迫っているのは明白だろう、ジン。どうしても嫌だというのなら仕方ない。俺一人でも、水樹を……」

「あ、あれっ……？」

ライの言葉を聞いていたらふと体に違和感を覚え、知らず声が出ていた。

自宅で生霊に切られ、服を破られた箇所を見てみると——。

「うわっ、何、これっ……？」

服の切れ目から覗く、先ほどは蚯蚓腫れみたいだった傷が腫れ上がり、ジンジンと熱を帯び始めている。細い皮膚の切れ目には紫がかった粘液状のものが浮かび上がり、みるみる爛れたようになっていく。

ジンが目を丸くして訊いてくる。

「それは、さっきの？」

「は、はいっ、あの化け物に、切られたところですっ！　あ、あっ……、熱、い、痛い……！」

見る間に熟れていく傷は、徐々に痛みを伴い大きくなっていく。ライがため息をついて言う。

「そら見ろジン。紅焔の力を受け継いでいるくせに、こんな傷一つ自分では治せない。このままでは魍魎の穢(けが)れに負けて死ぬぞ？」

「えっ、し、死ぬっ？」

「これは呪(のろ)いだ。いずれきみの全身の皮膚を覆い尽くし、骨の髄まで蝕(むしば)む。生きながら体が腐って……」

「い、やです、そんなのっ！　死にたくないですっ！」

ライの言葉に、震えながら叫ぶと、ジンがキュッと眉根を寄せた。

どうすべきか迷っている様子だ。

でも、とにかくこのまま死ぬなんて嫌だ。水樹はジンにすがりついて訴えた。

「お願いです、助けてください！　僕、できることなら何でもしますから！　だから……！」

「……水樹、きみの気持ちは分かったよ。少々、不本意な気もするが……」

ためらいを見せながらもジンが言って、水樹の肩に手を置く。そしてこちらの目をじっと見据えて、静かに告げる。

「きみを助けるためだ。俺たちは今から、きみの眷属になる。契りを結ぼう」

「え……？　ん、んっ？」

眷属になるとか、契りを結ぶ、という言葉の意味がすんなり頭に入らず、戸惑ってジンを見返した途端、いきなり体を抱きすくめられ、口唇に何か柔らかいものが押し当てられた。

信じられないほど間近に迫る、ジンの目鼻立ちのはっきりした顔。銀の髪。

ジンにキスをされていることに気づいて、慌てて顔を揺すって口唇をもぎ離した。

「なっ、ん？　何をするんですか、ジンさんっ！」

「契りを結ぶと言っただろう、水樹。口づけをしたことがないのか？」

「ライさんまでっ……、えっ、んんっ、ん！」

ライに頭の後ろに手を回されて顔の向きを変えられ、今度はライにキスをされる。

逃れようとしたが、ジンに腰を抱きとめられていて、身動きがとれない。

水樹の口唇を優しく開かせて、ライが口腔に舌を滑り込ませてくる。

「あっ、ふ、ん、んっ……」

「紅焔と俺たちはね、水樹。お互いの気を高め、霊力を増幅するために、時折体を繋いで契りを交わし合っていたんだ」

ライの舌に口腔をまさぐられ、こめかみを熱くしている水樹に、ジンがどこか甘い声で告げてくる。

「当時、俺たちはまだ霊体だった。生身の肉体を持つ紅焔を昂ぶらせ、交合し、悦びを与えるのは、眷属としての役目でもあったんだ」

（契り……、って、つまり、セックスするってことっ？）

ジンの言葉、そして夢の中で紅焔らしき人物が言った「身も心も結び合う」という言葉の意味にようやく気づいて、かあっと頭が熱くなる。

いやいやをするように頭を振ると、ライがチュッと音を立てて口唇を離した。水樹は息を乱しながら言った。

「待って、くださいっ、僕、男、ですよっ？」

「何の問題がある？　今から俺たち二人できみを抱く。何度か繰り返せば記憶も能力も戻るだろう」

「なっ、何度かってっ！　無理ですよそんなの！　絶対無理ですっ！」

もうすぐ十九になるが、水樹はまったく性的な経験がない。

男性の、しかも人間ですらない相手二人とそんなことになるなんて、絶対に受け入れられるはずがない。

とにかく二人から逃げようと身を捩り、手足をばたつかせると、ジンがほんの少し困った顔でライの顔を窺った。するとライが軽く頷いて言った。

「暴れられると怪我をさせてしまう。少し気を楽にさせてやったほうがいいだろう」

「だな。大丈夫だよ、水樹。つらい目には遭わせない。約束する」

「ジン、さ……？」

ジンが水樹の額に指先で触れ、何か小さくつぶやいたと思ったら、いきなり体の力が抜けた。

そのままジンに優しく布団の上に寝かされ、破れた服を脱がされ始めたから、冷や汗が出てくる。

（嘘……、こんなこと、ありえない……！）

大学の先輩で、美術家だというのは、今となっては恐らく嘘なのだと思う。

それでも、親しく接してくれた二人にほのかな憧れを抱いていたのは本当だし、もっと彼らを知りたいとも思っていた。

水樹を危機から救ってくれた二人であるし、嫌な感情など少しも抱いていないが、さすがにここまでのことは想像もしていなかったし、望んでもいない。

水樹は震えながら訴えた。

「やっ、やっぱり駄目です、こんなのっ」

「どうしてだ？」

「だ、だってっ、こういうことは、恋人と、することでっ」

そう言うと、二人が微かにためらうような表情を見せた。ジンが何故だか少々哀しげな目をして言う。

「そうだな……。きみは正しいよ。本来はそうあるべきだが、これはそうではないことを、いつでもきちんと自覚していなければならない。俺たちも、きみも」

「な、ん？」

「これはきみを救うための行為だ、水樹。俺たちが触れると、痛みが引いていくだろう?」

「え……」

シャツだけ脱がされ、ジンとライに腫れ上がって膿んだ傷にそっと口づけられて、ハッとする。

二人が口唇で触れた場所からは、確かに痛みがなくなっていく。腫れも少し引いて、熱さも治まって――。

「ひゃっ!」

腕にできた傷をジンに舌で舐められ、思いがけずおかしな声が洩れた。

傷から痛みが引いただけでなく、何だかむずむずするような不思議な感覚が背筋を駆け上がったのだ。ライが真面目くさった顔で訊いてくる。

「どうした。痛むのか?」

「い、いえ、そうじゃ、ないんですが……、あんっ!」

ジンに首の辺りの傷を舐められ、またしても変な声が出た。

まるで女の子みたいな甘ったるい声だ。ジンがクスリと笑ってライに言う。

「痛いって声じゃないよ、ライ。効いてる声だ」

「……ああ、そうか。きみは感じているんだな、水樹?」

「か、感じっ？　あっ、あんっ、ぁあっ」

ジンだけでなくライにも傷を舐められ、ゾクゾクと体が震える。

信じられないことだが、水樹は二人に触れられて感じてしまっていた。

「あっ、ま、待ってっ、こん、なっ、あんん、んっ！」

肩や胸、脇腹や背中など、上体についた傷の一つ一つに、二人が丁寧に舌を這わせていく。

すると膿んだ傷が塞がり、腫れが治まる。それだけでなくそこに甘い疼きが生まれ、水樹を悶絶させるのだ。

徐々に下腹部が熱くなっていくのを感じ、水樹は焦りを感じながら言った。

「も、大丈夫、ですからっ。傷、痛くないからっ」

「治って見えるのは表だけだ。穢れはすでに内へと侵蝕している。ここでやめては意味がない」

「でもっ、ライ、さんっ、こんなふうにされるの、僕っ……」

「嫌なのかい？　だけど、ここはもう大きくなってしまってるよ？」

「あっ、ぅう、ジンさ、触っちゃ、ぃやっ！」

局部をズボンの上から撫でられ、ぶんぶんと首を横に振る。

男はもちろん、女の子にだってそんなところに触られたことはない。

不快に思って当たり前なのに、水樹のそこは誤魔化しようもなく恥ずかしく膨らんでしまっている。自分の体なのに、そうではないみたいだ。

(何でこんなふうに、なっちゃうのっ？)

そもそも水樹は性欲が薄いほうで、自分で自分を慰めてみたいと思うこともほとんどなく、触れることだってまれだ。

なのに二人に傷を舐められて感じてしまい、自身まで反応するなんて、まさかそんなことになるとは思わなかった。

動転して涙目になっている水樹に、ジンが甘い声で言う。

「水樹、綺麗だね？」

「っ？」

「今のきみは最高に綺麗だ。俺たちに触れられて肌が上気して、目も潤んで……。霊体だったときは想像もつかなかったけど、人の体って、抱き合う相手の反応を感じ取るだけで興奮するんだな」

ジンが恍惚(こうこつ)とした声で言う。

綺麗だなんて、そんなことを言われたのは初めてだ。一瞬呆気に取られていると、ライが軽くたしなめるみたいにジンに告げた。

「その感覚は俺も感じているが、あまりのまれんようにな、ジン。水樹を傷つけたくはないだろう？」

「そんなことするもんか。誰よりも大切な水樹の体だよ？　花のように丁寧に扱うさ」

ジンがライに言葉を返し、そっと水樹の髪を撫でる。

「それに、同じ轍は踏まない。これは主と眷属との、力を分かち合うための行為だ」

ジンが真剣な目をして言って、水樹に訊いてくる。

「水樹、素直に答えてくれるかい。こうされるのは、嫌かな？」

間近で見つめられながら問いかけられて、ドキリとする。

うっとりとしながらも、その目には水樹への気遣いを感じる。水樹はおろおろと言った。

「嫌、っていうか、そのっ……、混乱してますっ、訳が、分からなくて！」

「何が分からないんだい？」

「僕の、体……。誰かに触られて、こんなふうになっちゃうなんて、思わなかったからっ」

髪を撫でる手の優しさに甘えるみたいにそう答えると、ジンが小さく頷いた。

「体が反応してしまうのは、きみが快感を覚えているからだよ。何も怖いことはないし、いけないことだと思う必要もない。何故ならこれは、きみの体が求めていることだからね」

「僕の、体が？」

「調伏師の体は常に霊力を必要としている。魍魎と対峙したならなおさらだ。俺たちならきみに力を与えてやれるし、きみと交わることで俺たちも力を得られるんだ」

ライに言われて、言葉の意味をありありと実感する。

自分の体ではないようだと感じたのは、事実その通りだからだ。望もうと望むまいと、今の水樹は力を必要としている。そしてこれからも、恐ろしい化け物に命を狙われる体なのだ。

だったらもう、彼らを受け入れるしかないのかもしれない。

「……優しく、してください」

「水樹……？」

「痛いの、怖いです」

震えながら言うと、二人が安堵したように顔を見合わせた。

ジンが頷いて告げる。

「もちろんだ。痛くなんかしない。よくしてあげるよ」

穏やかな言葉にまた胸を高鳴らせている水樹の体から、ライがズボンを下着ごと脱がせる。

ろうそくの薄明かりの中とはいえ、全裸を曝すのは恥ずかしい。両手で顔を覆うと、ライが静かに囁いた。

「明かりを消せ、ジン」

「ん？　ああ、分かった」

ジンがろうそくをふっと吹き消すと、部屋が暗くなった。少しだけホッとして、手を放すと――――。

「わ、ぁ……？」

闇の中に、二人の銀の髪と白い肌とが幻想的に浮かび上がっていたので、感嘆の声が洩れた。

人の体をしていても、彼らはやはり「神様」なのだ。禍々しさのない、神々しいばかりの二人の体。白装束を脱いでも、いやらしい感じはまったくしない。

壮麗なその姿に息をのんでいると、肢を大きく開かされた。

水樹の華奢な内股や局部に、口づけを落とされる。

「あっ、あん、あ……」

知らず洩れてしまう嬌声。

体に触れているのはジンだ。とろ火で炙るみたいな優しい愛撫に、恥ずかしく声が洩れるのだ。

二人が言った通り、水樹の気持ちがどうであっても、この体は彼らに触れられることに期待と悦びを感じているらしい。柔らかい皮膚に吸いつかれ、舌で舐め回されて、ビクビクと腰が震える。

その反応に小さく吐息を洩らして、ライも水樹の体に身を寄せ、乳首に口づけてくる。

「あっ、ふっ！　ゃっ、ああ、あっ」

今まで生きてきて、自分で何か意識して胸に触れたことなど一度もない。

だがそこも感じる場所らしく、乳首はすぐにツンと勃ってしまった。それをライが舌先で転がし、口唇で吸い上げ、軽く歯を立てて刺激してくる。

それだけで背筋をビンビンと快感が駆け抜け、腰がはしたなく揺れる。まさか胸が感じるなんて知りもしなかった。

これからもっと乱されていくのだろうかと思うと、まなじりが濡れてしまう。

（でも、何だか気持ち、いい……、頭が、ふわふわして……）

よく分からないのだが、もしかすると二人の体液そのものに、何か特別な作用があるのかもしれない。二人に舐められた場所は残らず熱くなり、もっと触れてほしい、よくしてほしいと主張するみたいにジクジクと疼いている。

水樹自身もどんどん張り詰め、腹の底がキリキリしてくる。

「可愛いな、水樹のここ。俺から味わわせてもらうよ？」

「え……、あっ？　ゃっ、そ、なっ！」

勃ち上がった欲望をジンがいきなり口腔に咥え込み、口唇を上下させて舐り始めたから、裏返った声で悲鳴を上げた。

　そこを口で愛撫するなんて、まるでポルノみたいだ。頭が熱くなるが、幹を吸い立てられ、先端部を舌で舐め回されたら、一気に射精感が募ってきた。

　水樹は慌てて叫んだ。

「はっ、ぁううっ、ジンさん、なんかもう、出そうっ」

「我慢することはない。ジンの口に出せ」

「でも、ライさんっ、あっ、あっ、駄目、出ちゃ……！」

　呆気なく達してしまうわけにはいかないと思い、こらえなければと焦ったけれど、ライに促され、ジンの動きに合わせるようにきつく乳首を吸われた瞬間、水樹の欲望がドッと爆ぜた。ジンの口腔に生ぬるい白濁液が広がる感触に、めまいを覚える。

　信じられない。他人の口の中に、射精してしまうなんて。

「ぁっ……？」

　水樹の下腹部に顔を埋めたままのジンの銀髪、そして青白い肌が、夜光虫みたいに淡い光を発する。

　水樹の放ったものに反応しているのだろうか。ライがクスリと笑って言う。

「やはりきみは、確かに調伏師の力を受け継いでいるな。生身の肉体に繋ぎ止められたジンの霊体が、歓喜に震えている」

「……ああ、素晴らしいよ、水樹。力が漲ってくる」

ライの言葉を裏づけるように、ジンが水樹自身から口を離して陶然とした声で言う。

悦びが溢れる声そのままに、彼の体は黄金色がかった輝きを放つ。

自分の白蜜がそんな作用をもたらすとは、驚くばかりだ。

(綺麗……。なんて、綺麗なんだろう)

この世のものとも思えぬその姿に、一瞬見惚れていると、ジンに両膝に手を添えられ、ぐっと押し上げられたので、水樹の腰が浮き上がった。

欲情に揺れる声で、ジンが告げてくる。

「ああ、もう早く繋がりたい。きみと繋がって、今度は俺の熱いのをきみの中にたっぷりと注ぎ込みたい」

「ひぁっ！　やっ、嫌、ジン、さっ！　そんなとこ、舐めちゃっ！」

露わになった狭間を、ジンにくちゅくちゅと水音を立てて舐められて、羞恥で体が熱くなる。

後ろを舐められるなんて、そんな破廉恥なことをされるとは想像もしていなかった。腰を揺すって逃れようとすると、ライが腰に腕を回して押さえながら言った。

「繋がるためだ、水樹。そこがほどけてくるまでこらえてくれ。そして俺にも、きみを味わわせてくれ」

「ライ、さ？　ああっ、んぁああっ！」

今さっき果てたばかりの水樹自身を、今度はライが口に含んでジュプジュプと吸い立ててきたから、また淫靡な声が洩れた。

達したばかりの前は先ほどよりも敏感で、くすぐったさと快感で上体がうねうねと泳いでしまう。

ライの口腔の熱さに反応するみたいに、欲望はまたすぐに雄の形を取り始める。腹の中がキュウキュウと収縮して、応えるみたいに幹がビンと跳ねた。

悦びに素直すぎる自分の体に当惑を覚え、顔がかあっと熱くなる。

「ひゃっ、あっ？　ま、待ってて っ、ジンさん、そ、なっ、駄目！　汚、な……！」

ジンに舐め回されて僅かにほどけた後ろを、舌先でツンツンと突かれ、ヌチッと中にまで挿し入れられて、裏返った声で叫んだ。

けれどジンは水樹への侵入をやめず、水音を立てて中まで舌で舐め回してくる。柔襞をねろねろと捲り上げられ、高く上げさせられた肢がガクガクと震えた。

「あ、あっ、ゃ、んっ、なか、熱、いっ」

後孔は体のもっとも秘められた場所と言ってもいい。

そこを暴かれ、中ほどまで開かれていく感覚に震撼するが、ジンに丁寧に舌を使われるたび悦びが広がって、内壁が甘く潤んでいくのを感じる。

後孔をいじられてそんな感覚を覚えることに驚くけれど、欲望を舐り立てられるのと同じくらい、後ろを愛撫されるのも気持ちいい。

前後から散々刺激され、訳が分からなくなるほど感じさせられる。

「あぅっ、ぁあっ、駄、目っ、ヘンに、なっちゃうぅっ！」

半ば啼(な)きの入った自分の声が、快感でいやらしく濡れているのに愕然(がくぜん)とする。ろうそくを消してくれてよかった。きっと焦点の定まらぬ目で淫(みだ)らに乱れているのだろう。

そんなふうになっていること自体恥ずかしくて頭が爆発しそうだが、快感をこらえることはできない。暗いからこそより熱っぽく聞こえる二人の吐息に、また劣情を煽られて――。

「ああっ、あっ、ぃくっ、また、達(い)っちゃうぅ……！」

ビクッ、ビクッと身を痙攣(けいれん)させながら、水樹が再び頂を極める。

今さっき出したばかりなのに、ライの口の中にまた男精が吐き出される。ジンの舌で蕩(とろ)かされた後ろは、ひとりでにヒクヒクと収縮する。

きつく窄(すぼ)まっていたはずの水樹の後孔は、もう花弁が開いたみたいに緩められ、トロトロに熟れているようだ。

「ふ、なるほど強烈だな、水樹の蜜(みつ)は。本当に生き返るようだ」

ライが言って、ため息をつく。

その長い銀髪はキラキラと輝き、体も燐光を発している。恍惚とした声で、ライが甘く囁く。

「早く繋がりたいというおまえの気持ち、よく分かったぞ、ジン。有り余るこの悦びを、俺も水樹に返してやらねばな」

「……ぁ、はぁっ」

後ろに挿し入れられていたジンの舌がぬるりと抜けたので、濡れた声が洩れた。

立て続けに二度も達かされて、何だか体の力が入らないが、言葉の意味は分かる。二人と結び合い、彼らの男精を注がれるのだろう。

だが確かめるのも怖くて、黙って震えていると、ジンが水樹の肢を抱え上げたまま体の位置をずらし、下腹部を水樹の狭間に寄せてきた。

「このまきみの中に入るよ、水樹。痛くはないと思うけど、楽にしていてね？」

「は、い。……んン、アッ、ああっ――――」

ジンに貫かれた瞬間、全身の肌が粟立った。

ジンの舌で濡らされ、緩められた後ろに痛みはなかったが、その質量と熱さに戦慄する。

体に異物を受け入れた違和感に、ゾクリとしてしまうけれど。

「……、ぁ、ジン、さん……？」

体の中をざあっと波に洗われていくような感覚に、まじまじとジンの顔を見返した。

体内に入ってきたのは、彼の欲望だけではなかった。

脳か心臓か、それがどういう形をしてどこにあるのかは知らないが、自分には自分であるという魂の輪郭のようなものがあって、それをジンに優しく包まれているみたいな、何だかそんな感覚がするのだ。

（これが、「霊体」……？）

交わっているのは、確かに人の形をしたものだ。

けれどその内に息づいているのは、彼の霊体。触れ合っているのは式神としての彼だ。

自分は今、人ならざる者と交わっているのだ――。

繋がった腹の底から全身に広がる波に、細胞の一つ一つを震わされながら、まざまざとそう実感したその瞬間。

水樹の意識が揺れ、脳裏に眠っていた記憶の断片が甦（よみがえ）ってきた。

血に染まる視界、腐臭、肉の焦げた臭い。

そして初めてはっきりと見えた、二人の沈痛な表情。

それは幾度も夢に見てきた情景だった。

五百年前から、水樹は彼らと結び合う運命だった。心から焦がれ、求め続けた想いが、今ようやく結びのときを迎えているのだと、そう気づかされる。

『やっとこの日が、来ました』

「っ？」

脳裏に聞こえた声が、紅焔の声だと気づいたそのとき、微かに揺れる声でジンが言った。

「少しずつ、動くよ？」

「っあ、ぁっ、あっ……！」

ゆるゆると雄を動かされ、現実に引き戻される。

いっぱいに広げられた窄まりを肉茎が行き来し、切っ先で突き上げられる感覚は、当然ながら初めて味わうものだ。痛みこそないが圧入感は凄まじく、内臓が押し上げられるみたいで、体がどうかなってしまうのではないかと不安になる。

けれど徐々に大きくなっていくストロークで、ひと突き、ふた突きと内奥を押し広げられていくのにつれ、水樹の内壁も応えるように熱くなってきた。

内腔にじわじわと広がる甘い痺れに、水樹の声が濡れていく。

「あっ、はぁっ、ジン、さんっ、なんか、中っ、ヘンです……！」

「ヘンなんかじゃないよ。それは、よくなってきたんだ。きみの中がヒクヒクって震えてるの、分かるよ？」

「あんっ、ああっ、あっ、はっ」

ジンが腰を揺すって、中を上下にかき混ぜるみたいに雄を抽挿する。

そのたびに背筋にビン、ビン、と快感が走って、無意識に腰が跳ねる。

男に抱かれて悦びを覚え始めているのだと気づいて、かあっと頭が熱くなる。

「体が燃えてきたな。ここも硬くなっている」

「あぅうっ！　ライさんっ、乳首、駄目ぇっ！」

知らぬ間にツンと勃ち上がっていた両の乳首を、ライに指先でくにゅくにゅとつままれ、蕩けた声で叫んでしまう。

そこをいじられると快感が増幅したみたいになって、ジンに奥まで突かれるたびうなじの辺りに火花が飛ぶ。ウッと唸ってジンが言う。

「ライが胸を触ると、後ろがキュウキュウ締まるよ？　そんなに、気持ちいい？」

「ぁ、あっ、んっ、ぃい、です、気持ち、ぃっ！　ああっ、あっ……！」

ジンが中を抉る角度を変えると、何かとても刺激の強い場所に熱杭が当たった。

よく分からないが、なぞられると訳が分からなくなるくらい感じるところがある。

「ひぅっ、そこ、ぃいっ、凄く、い……！　ああっ、あふっ、あぅうっ！」

うねうねと上体をくねらせながら腰を揺らすと、ジンが繰り返しそこを突いて水樹を攻め立ててきた。

初めてなのにそんなふうになってしまうなんて、思わなかったけれど。

（……紅焔さんも、ずっと、こうしたかった？）

夜の闇に輝きを放つ、ジンとライの肉体。

二人に触れられ、熱棒を繋がれて燃え上がっているのは、水樹の中に眠る紅焔の魂なのではないか。今の自分は自分ではなく、紅焔なのでは――。

「あうっ！　ぁあっ、ゃ、そ、なっ、はあっ、あああっ！」

ジンに大きく腰を使われ、内奥までズンズンと突き上げられて、凄絶な快感に我を忘れる。

水樹のそこは、もう交合の悦びを「思い出した」ようだ。全身がこれを待っていたのだと叫ぶみたいに腰が勝手に揺れ、内腔はピタピタとジンの欲望に追いすがって奥へ奥へと咥え込む。

水樹の頬にキスをして、ライが艶麗な声で言う。

「のまれんようにというのは、どうやら無理そうだな。きみも、俺たちも」

男に抱かれ、喘ぐこの身が紅焔のものなのか、それとも水樹のものなのか。もはや自分でも分からない。

なすすべもなく運命の奔流に巻き込まれ、水樹はただ声を上げていた。

（……ああ、いつもの夢だ）

二人に順に抱かれている間に、水樹はいつの間にか気を失ったのだろう。

目の前に広がるのは、毎度の煙った戦場。

だが今までと違い、視界はかなり鮮明だ。改めてよく見てみると、そこがどこかの山奥で、木々に囲まれた開けた場所だということが分かった。

不思議な静けさに包まれているが、彼らの戦いはどうなったのだろう。

『重いな、人の肉体は。まるで枷をはめられたみたいだ』

『俺は嫌いじゃないよ。紅焔がくれた体だからね』

「……！」

振り返ると、そこには銀髪に白装束のジンとライが立っていた。

水樹の存在は見えていない様子で、背後から水樹を抜き去って歩いていく。

『自在にとはいかないが、ちゃんと霊力も使えるようだよ。ほら、見て』

ジンが歩きながら、髪を黒く変色させる。ライもそれに従い、白装束を着物へと変化させた。

クッと笑って、ライが言う。

『五百年か。この肉体で過ごすには、いくらか長いな』

『まあね。けど、いい機会だ。旅にでも出ようか？』

『そいつはいい』

軽く言い合って、二人が山を下りていく。その背中は見知った二人の背中だ。

このまま人里へ下りて人として生きていく、その始まりのときなのだろうか。

(これは僕が描いてた絵の、続きなんだな)

やはり二人の話は本当で、自分は紅焔の生まれ変わりなのだろう。だからこの記憶を夢として見ているのだ。

この光景を、死にゆく紅焔も見ていたのだ。

「……行ってしまいましたね」

「っ?」

間近で話しかけられ、夢の中なのに小さく飛び上がった。

恐る恐る視線を動かすと、水樹のすぐ脇に痩身の美しい青年が立っていた。

「紅焔、さん?」

「はい。ようやくきちんとお話しすることができましたね、水樹」

さらりとした長い髪と、色白な肌。女性と見まごうような柔和な顔立ちと、優しい表情。それは水樹が、思い出せないながらも想像して描いていた紅焔の姿と重なる。ニコリと微笑(ほほえ)んで、紅焔が言う。

「私はあなたが生まれてから、ずっとあなたの意識の片隅にいて、成長を見守ってきました。無事このときを迎えることができて、嬉しいですよ」

「生まれてからずっと……？」

思いがけぬ告白に驚かされる。

生まれ変わりというのが実際にはどういう状態か分からないが、彼もいわゆる霊体か何かで、ずっと傍にいてくれたということなのだろうか。

「あの、ジンさんやライさんが言ってたことは本当なんですか？　僕はあなたの、生まれ変わりなんですか？」

「ええ、そうですよ。あなたは私の持っていた魍魎調伏師としての能力を受け継いでいます。今はまだ、その力は眠っていますがね」

紅焔が言って、物憂げな目をして続ける。

「五百年前に倒し損ね、封印するにとどまった魍魎、翠巒は、それからずっと復活のときを待っていました。下僕や生霊を使ってあなたを襲いに来たのは、あなたを亡き者にすれば私が施した封印が即座に解かれるからです。それこそが、あなたが私の生まれ変わりであることの証左なのですよ」

「僕が死んだら、すぐに復活してしまうってことですか？」

「ええ。だからジンとライは、陰ながらあなたを見守ってきたのです。あなたが赤ん坊の頃からね」

「お二人もそうなんですか！」

「まあ、ほんの短い時間ですよ。彼らは式神ですから、元より時間の観念などはありません。もちろん、人の肉体に繋ぎ止められて過ごす五百年間は、それなりに長かったかもしれませんがね」

紅焔が笑みを見せて言う。

紅焔から直接話を聞いて、ジンやライの言っていたことの意味が、改めてよく分かってくる。

でも、そもそも魍魎とは何者なのだろう。「調伏師」というのが専門のハンターのようなものなら、やはり物の怪だとか妖怪だとか、そういうものなのか。

「魍魎が復活すると、どうなるんです？」

今更ながら訊ねると、紅焔が思案げに小首を傾げた。

「そうですね……。元々魍魎とは、人の想いの強さが闇に転じて生まれ出でる魔物です。多くは死にたくないという気持ち、強い生への執着がその想いですが、強い魍魎には人が持つ負の感情を増幅して周りに伝播（でんぱ）させる力がありますから、人同士が些細（ささい）なきっかけから反目し合い、対立して、やがて戦争が起こるかもしれません」

「そんな、力が……」

「魍魎調伏師は、魍魎が抱える強い想いを札や絵札を使って破り、浄化退散させることができるのです。書にしたためた言葉を呪（しゅ）として詠唱し現実のものとする力や、描かれたものを実体化させて使役する力が、調伏師の能力なのですよ。札は、現代ではいわゆる御札や御守として形を変えて残っていますが、おおむねあのようなものだと考えてください」

「……ああ、なるほど！」

神社仏閣で見かけるそれらを思い出して、水樹は頷いた。それを自分が作り出すことになるのだろうか。

「調伏師の能力は、生まれ持った力なのです。あなたが望めば誰かを呪って殺すこともできる、使いようによってはとても怖い力だ。それを制御するすべを、あなたはこれから学ばなければならない。ジンやライと共に」

「僕に、できるでしょうか？」

「大丈夫。あなたならできますよ」

そう言って紅焔が、水樹の目をまっすぐに見つめてくる。

「何もかもあなたに託してすみません。でも、どうか今度こそ翠巒を倒し、ジンとライを解放してやってください」

「解放って、どういうことです」

「式神との契約は、本来調伏師の命数尽きるまでの限りあるもの。それを私のわがままで、五百年間縛りつけたのです。その呪縛を解き放ってほしいのです」

真剣な目をして紅焔が告げ、安心させるように微笑む。

「彼らを解放すれば、ジンが消し去ったあなたの家族の記憶も戻る。あなたは元の生活に戻ることができるのですよ」

「えっ、戻れるんですかっ？」

半ば諦（あきら）めかけていたが、そう言われて心底ホッとする。

なすべきことをなせば、とにかくこちらも解放されるのだ。それならば今すぐにでも力を目覚めさせ、魍魎退治に――――。

「あ、あの、でもどうやったら力が目覚めるんです？　僕、まだ何もできませんよ？」

「そうですね。本当はすぐにでも『里』へ行けたらいいのですが、事情でそうもいかず……」

「さと、って？」

問い返したけれど、紅焔は曖昧（あいまい）な目をして首を横に振っただけだった。

やがて柔和な顔に微かに悪戯（いたずら）っぽい表情を浮かべて、紅焔が言った。

「じきに目覚めますよ、二人と交わっていれば。あなたは大変感度がいいですから」

「えっ？」

「遠き日の私の記憶に己が身を重ねて、あなたは彼らと交わった。きっと大丈夫です」

「だ、大丈夫じゃありません、全然！」

昨日の痴態が不意に脳裏に甦ってきて、顔が熱くなる。

ライにも言われてはいたが、あれを何度も繰り返さなければならないなんて、やはりいたたまれなさすぎる。

「ほかに方法はないんですかっ？　座学とかそういう……！　あ、あれ？　ちょ、待って、まだ行かないでっ！」

薄れ始めた紅焔の姿に、自分が目覚めつつあるのを感じてうろたえる。まだ訊きたいことがたくさんあるのに。

『まずは朝食を。ライが用意してくれているようですから』

親しげな言葉を残して、紅焔の気配は去っていった。


「……何の音、かな？」

どこからかカン、カン、と乾いた音が聞こえている。

たぶん、外からだろう。部屋の中はもう明るくなっている。

二人と抱き合っている途中で朦朧（もうろう）となり、気を失うみたいに眠って、まだそれほど時間が経っているようではないが、目覚めはすっきりとしている。

ゆっくりと体を起こしてみると。

「わっ……？」

腰に何やら甘苦しい痛みが走る。内股の辺りも少し強張った感じがするのだが、これはやはり慣れぬ体勢を取ったせいだろうか。

気恥ずかしい気分で我が身を眺めると、いつの間にか浴衣を着ていた。前を広げて体を見てみると、魍魎につけられた傷は跡形もなく消え去っていた。

二人と交わったおかげということなのか。

（そういえば、二人にも傷がなかったな？）

大学で『下僕』と戦っていた二人は負傷していたし、肌が爛れたようになっていたのもこの目で見た。

でも水樹と抱き合っていた二人の体には傷一つなかった。

彼らは元々式神だから、人の肉体を持っていても不死身で、怪我などすぐに治してしまうのかもしれない。だからこそ、五百年もの間生き続けてこられたのだろう。

そんな彼らと共にいれば、ひとまずは安全かもしれない。紅焔と話すこともできたし、状況も分かったから、とにかくこれからのことを話さなければ。

「……ああ、起きたのか、水樹」

「おはようございます、ライさん」

部屋を出ていくと、廊下の突き当たりに台所があって、着物に割烹着姿のライが朝食を作っていた。

土間の床に、大きなかまど。冷蔵庫はなく、木の調理台には大小さまざまな大きさのナスやキュウリ、カボチャなどの野菜が置かれている。

何というか、時代劇で見るような古風な台所だ。

「そろそろ起こそうと思っていた。よく眠れたか？」

「ええと、はい。一応」

「腰は大丈夫か？」

「だ、大丈夫、です」

ライはさらっと訊いてきたけれど、三人での行為を思い出すと赤面してしまう。

そもそも水樹は性的な行為自体初めてだったのだ。なのにあんなに乱れまくって何度も気をやり、蕩けた声を上げていたなんて、これ以上恥ずかしいことはない。

水樹は誤魔化すみたいに言った。

「かまどでご飯を炊いてるの、初めて見ました」

「そうか？　ここを根城に定めた百年ほど前には、当たり前の光景だったが」

「百年……！」

二十世紀の初めの頃だ。確かにまだ電気製品などもなかっただろう。ジンとライが過ごしてきた時間が、それだけで現実味を帯びる。

二人は本当に、長い長い時間を生きてきたのだ。

「ライさん、割烹着よくお似合いです。料理とか、できるんですね？」

「まあ、ひと通りはな」

ライが言って、火にかけていた鍋のふたを取って中の様子を見る。

「紅焔といた時代は霊体だったから、俺もジンも何か食べたりする必要はなかったが、人間として長い時間生きてきたからな。今ではだいたい何でもできる」

「そうなんですね。ジンさんは？」

「外で薪割と、畑の水やりを……」

「……ああ、おはよう、水樹」

ジンがそう言いながら、勝手口から台所の土間へと入ってきた。ライと同じく着物姿で、たすきをかけている。手拭いで汗を拭きながら、ジンが告げる。

「ちょうどお風呂が沸いたところだよ。よければ入って」

「お風呂、ですか？」

「俺もそれがいいと思うぞ。一応軽く清めはしたが、きみは俺たちと交わってそのまま眠ってしまったからな」

「着替えもしたいよね？　まあどっちにしろ、また脱ぐことにはなるだろうけど」

「……っ」

二人の言葉にドキリとする。

清めたというのは気を失ったあとのことだろう。また脱ぐというのは、それはやはりそういう意味に違いない。二人は手慣れているのかもしれないが、こちらはいちいち恥ずかしさを覚えて頭が熱くなってしまう。

二人の顔を見ていることができず、水樹は俯いて言った。

「お風呂、入らせてもらいます。どこですか？」

「外の離れだよ。五右衛門風呂の入り方、分かるかい？」

「何とかします。じゃ、行ってきますね……！」

小声で言って、水樹は逃げるように勝手口を出ていった。


「あ、カボチャがなってる。ナスも……」

温かい湯に浸かりながら風呂場の窓の外を眺めて、水樹は独りごちた。

木々に囲まれた山の中の、ほんの数メートルほどの小さな畑。

いかにも家庭菜園ふうのそこには、数種類の野菜が育てられている。先ほどジンが水やりをしていた畑はここだろう。

二人はずっとこの家で自給自足に近い生活をしてきたのかもしれない。

「……そっか。ここ、電気だけじゃなくてガスも水道も通ってないのかも」

部屋の明かりはろうそくだったし、台所も昔ながらのかまどで、風呂は五右衛門風呂だ。離れのすぐ脇に水が湧いているところがあったから、そこから水を汲んでいるのだろう。

生まれたときから東京暮らしの水樹には、レトロな田舎暮らしはとても新鮮だ。

でも、ここで二人と暮らして眠れる力を目覚めさせ、五百年ぶりに復活した魍魎を倒す、ということには、まだ現実味を感じられない。

しかもその力を得るために、二人と抱き合うなんて。

「……わっ？」

湯に浸かりながら自分の体を見下ろすと、温まったせいか、先ほどはあまり目立たず気づかなかった赤い痕がぽつぽつと浮かび上がってきた。

いわゆる、キスマークというやつだろうか。二人に触れられた感触を思い出し、下腹部が熱くなる。思わず膝を抱えて体を丸め、唸ってしまう。

「うう～、やっぱ恥ずかしいよ～」

とはいえ、夢に出てきた紅焔の言葉を信じるならば、元の生活に戻るためにはこの状況を受け入れなければどうしようもない。またあの魔物たちに襲われるのも勘弁してほしいし、やはりちょっと覚悟を決めなくてはならないのだろうか。

元々二人のことは気にかかっていて、親しくなりたいと思っていたし、抱き合うといっても痛かったりつらかったりするわけではない。

羞恥心さえ捨てられれば、それほど悩むこともないのかもしれないが――――。

「……水樹、いいかい？」

「わぁっ？　は、はいっ？」

脱衣所のほうから声をかけられ、慌てて返事をする。すりガラスの入った引き戸を少し開けて、ジンが顔を覗かせる。

「湯加減、どうかな？　熱くない？」

「大丈夫、です。ちょうどいいです」

「顔、凄く赤いけど、本当に？」

「は、はい。これはあの、お風呂が熱いからとかじゃ、ないので……。お風呂、あったかくてとても気持ちがいいです！」

あわあわと言い訳すると、ジンは納得したのか軽く頷いた。

「ならよかった。湯上がりに浴衣を持ってきたんだけど、実は着替えが和服しかないんだよね。水樹、自分で着られるかい？」

「和服ですか？」

大学で衣服のデザインについて触れた講義があったので、和服の構造などは一応知っているが、七五三だとか子供の頃は除いて、今まで着物を着たことはない。浴衣ですら、温泉旅館やスーパー銭湯の館内着くらいしか身に着けたことはなかったのだ。

水樹は首を横に振って言った。

「すみません、浴衣はともかく、着物になると、ちょっと……」

「じゃあ、俺が手伝ってあげるよ。上がったらさっきの寝室に来てね。朝食も、もうすぐできるから」

「あ、はい」

ジンが引き戸を閉めたので、ふっとため息をつく。せっかく朝食も用意してくれているのだ。いつまでも風呂場に逃げているわけにはいかない。

まだ赤い頬を手で軽く叩いて、水樹は湯から上がった。


「遅くなりました」

出汁の香りが漂う台所を抜け、先ほどの寝室へ行くと、布団はもう上げられていた。雨戸も開けられていて、開いた障子の向こうには広縁、そして木々に囲まれた小さな庭、その奥には先ほどの畑も見える。鴨居には白い襦袢と、紺色の着物がかけられていた。

ジンがこちらを振り返り、しげしげと見つめて言う。

「水樹は浴衣が似合うね！　黒髪が濃くて、肌も綺麗だからかな？」

「えっ、そんなこと、初めて言われました」

「そう？　きみの美しさに気づかないなんて、周りの人たちは結構鈍感だったんだなあ」

ジンがそんなことを言うので、戸惑ってしまう。

美しい、なんて、今まで言われたことはない。褒められたのだか冗談を言われたのだか分からなくて小首を傾げると、ジンが笑みを見せた。

「濡れ髪、もう少し乾かしてあげようか」

そう言って、水樹が肩にかけていた手拭いを取り、ジンが髪を拭ってくれる。

とても大きな手だ。頭を優しく包み、髪の付け根の辺りまで丁寧に掻き上げて水を拭ってくれる。

昨日の晩、水樹の体の隅々まで触れ、甘く蕩けるような悦びを与えてくれた、ジンの手――。

(だ、駄目だ、思い出しちゃ……！)

やはりどうしても意識してしまうのか、手拭いで髪を拭われているだけなのにドキドキして、体まで反応しそうになる。着替えを手伝われたりしたら、どうなってしまうのか分からなくて心配だ。着物は自己流で何とか着られないだろうか。

「あ、あの、僕……」

「ん？　どうしたの？」

「ぁっ……」

手拭いをヒラリと捲って、ジンが顔を覗き込んできたので、熱く火照った顔を見られてしまう。

するとジンが、何やら意味ありげな笑みを浮かべた。こちらにゆっくり顔を近づけて、ジンが囁くみたいに言う。

「きみは可愛いね、水樹。昨日も、とても素敵だったよ？」

「ジン、さ……？」

「実を言うとね。この肉体に繋ぎ止められてから、生身の人間と交わったのは、きみが初めてだったんだ」

「えっ？」

「だから正直言って昨日は、少し緊張していてね。今一つ自分を制御しきれた自信がないんだけど、俺はちゃんときみを気持ちよくできたかな？　つらかったり、嫌な気持ちがしたり、しなかった？」

「ジンさん……」

思わぬ告白に驚かされる。

ずいぶん手馴れているふうだったので、まさかあれが初めてだったとは思わなかった。水樹が不安だったように、ジンも多少の緊張を覚えていたのだと思うと、何だか少し親近感が増す。

水樹は小さく首を横に振って言った。

「嫌な気持ちは、しませんでしたよ？」

「本当かい？　不快な感じはなかった？」

「はい。僕も、ああいうふうにするの初めてでしたけど、とっても、その……、感じてしまって、いましたし」

　自分からそんなことを言うのはとても恥ずかしいが、問われるままに答えると、ジンの端整な顔に安堵の色が広がった。

「そうか。それはよかった。きみがあれを苦痛だと感じるようになってしまったら哀しいなって、そう思っていたんだ」

「苦痛だなんて、そんなことは……。でもその、やっぱりちょっと、恥ずかしかったのは事実です」

「そう？　どうして？」

「え、どうして、って……」

　まっすぐに目を見つめられて訊ねられ、おどおどと視線が泳ぐ。また囁くみたいな声で、ジンが言う。

「恥ずかしいことなんて何もない。きみはとても綺麗だったし、俺は凄くドキドキした。きみの声、仕草、体温に、俺は魅(み)せられたよ。たまらなくきみが欲しいと思った」

「ジ、ン……、っ……！」

潜めた声に熱っぽさを感じ、視線を上げてジンを見返した途端、背中にスッと腕を回されて抱き寄せられ、口唇を重ねられた。

そのまま浴衣の上から体を撫でられて、肌がゾクゾクっとなる。

昨日水樹の体に触れた、大きな手の感触。口唇の熱。微かに乱れた息。

抱き合った興奮が一気に全身に甦ってきて、こちらの息も乱れる。

（どうしよう……、もうこれだけで、ヤバい……！）

体が彼らを求めるのだと、昨日そう言われた。

その言葉を裏付けるように、ジンの口づけと軽い愛撫だけで、水樹の下腹部はもう誤魔化しようがないほどに形を変えてしまっている。もっと触れてほしい、愛してほしいと、心が沸き立ってきて――。

「……まったく。そんなことだろうと思ったよ」

「っ！」

いきなり届いた呆れたような声に、慌てて口唇を離して振り返った。

いつの間にか部屋の襖が開いていて、割烹着姿のまま腕組みをしたライがこちらをにらみ据えていた。ジンが悪びれるふうでもなく言葉を返す。

「もう朝食ができたのか、ライ？」

「とっくにできてる。着替えを手伝うんじゃなかったのか、ジン」

「まあまあ、そう怒るなよ。ほら、水樹はとても綺麗だろう？　だからつい……」

「昨日はためらっていたくせに、もうそれか。おまえがそうだから、五百年前ああいうことになったんだろうが！」

ぴしゃりと叱りつけるみたいなライの言葉に、ジンが軽口をのみ込む。

その顔に、何故だか哀しげな表情が浮かんできたから、水樹は訝りながらジンの顔を見つめた。

ジンがどこか切ない声で、言い訳するみたいにライに告げる。

「それは、おまえだってそうだったじゃないか」

「何？」

「俺たちは水樹の眷属になったんだ。主と親密になりたいと思うのは、いけないことかい？」

いつものジンの、親しみを感じさせる優しい口調。

けれどその言葉に、今度はライが黙り込んだ。そのままふいっと顔を背けたライの顔には、痛みをこらえているみたいな表情が浮かぶ。

二人とも、一体どうしたのだろう。

（何かあったのかな、五百年前に）

思いがけず微妙な空気になってしまい、こちらはどうしていいのか分からない。

でも、考えてみたらこれからは自分が彼らの「主」なのだ。紅焔の力を引き継いで責務を全うし、自分の生活に戻るためには、二人と上手くやっていくしかない。

水樹は気まずい空気を払拭（ふっしょく）しようと切り出した。

「……あの、僕、紅焔さんとお話ししましたよ？」

「何だってっ？」

「今朝（けさ）がた見た夢の中に、紅焔さんが出てきて。今までも出てきてくれてたんですけど、ちゃんと話したのは初めてでした。お顔を見たのも」

水樹の言葉に、ジンとライがハッと顔を見合わせる。

気持ちの高揚を抑えるみたいに一瞬目を閉じて、ジンが訊いてくる。

「それ、本当かい？　紅焔と何を話した？　彼はどんなことを、言っていた？」

「お二人が話してくれた通りのことです。僕が魍魎調伏師としての力を受け継いだ彼の生まれ変わりであること、封印した魍魎、翠巒を浄化退散させるのが、僕のすべきことだってこと……。僕は力を目覚めさせ、その強大な力の使い方を、お二人に学ばなければいけないみたいですね？」

そう言うと、ジンが明らかに安堵した表情を見せた。

「きみは継いでくれる気になったんだね、紅焔の遺志を。俺たちと共に、翠巒を倒してくれるのかい？」

「……はい、そのつもりです。やるしかないなら、頑張らせてもらいます」

「嬉しいよ。ありがとう、水樹」

ジンが言って、笑みを見せる。ライが深いため息を一つついて言う。

「覚悟を決めてくれた、ということだな。俺も嬉しい。どうかよろしく頼む」

「こちらこそ、どうぞよろしくお願いいたします」

とにかく、できるだけのことはしてみよう。そう思いながら告げると、ジンが甘い声で言った。

「ねえ、せっかく水樹も乗り気になってくれたし、このまま続きをしようか？」

「えっ？」

「やれやれ、朝食が冷めるな」

「や、ちょっ、ぁ、ぁん……！」

話もまとまったところで、食事にするのかと思いきや、二人が水樹の髪やうなじに口づけ、浴衣の上から体に触れてきたので、淫らなため息が出た。

続きとは、もしかして――――。

「あの、ひょっとして、またするんですかっ？」

「善は急げと言うだろう？　きみの力を早く目覚めさせてあげたいからね」

「でもその、心の準備がっ」

「体が感じるままに身を委ねればいい。俺たちが導いてやる」

「あ、あ……！」

浴衣の前を開かれ、胸や腹を二人の手で撫でられて、ビクビク体が震える。

露わになった肩や首筋、背に這わされる口唇は熱く、二人の息も徐々に荒くなっていく。

どうやら二人は、水樹が思っているよりもかなり興奮しているようだ。

「あの、ライさん、訊いても？」

「何だ？」

「その……、もしかして、ライさんも、昨日が初めてだったんですか？　人の体で、生身の人間と抱き合うの」

そう訊ねると、ライがほんの少し不安げな顔をした。聞きづらそうにおずおずと、ライが訊いてくる。

「……どうしてそんなことを？　拙かったのは認めるが、もしや何か、まずいことをしたか……？」

「いいえ、そうではなくて！　ジンさんがそうだって言ってたから、ライさんもそうなのかなって。拙かったとか、そんなことは全然」

そう言うと、ライが明らかにホッとした顔をした。それから艶めいた笑みを浮かべてこちらを見つめて、熱情を感じさせる声で告げる。

「ああ。俺も、生身の人間に触れたのはあれが初めてだった。五百年、きみだけを待っていたからな」

「ライ、さ……、あ、んふっ……」

荒々しく奪うみたいなライの口づけに、頭がカッと熱くなる。

一見飄々(ひょうひょう)と軽やかなジンと、いつも冷静なライ。

でもその身の内には、紅焔の転生を待ち焦がれてきた強い想いがある。

二人の五百年分の渇望をこの身一つで受け止められるのかと、少しばかり不安になるけれど。

(覚悟を決めた以上、頑張らないと……！)

二人のためにも、紅焔のためにも、そして自分のためにも。

二人の手で昂ぶらされていきながら、水樹はそう決意していた。


その日から、水樹は二人と共に暮らし始めた。

学業とアルバイトに追われ、電子機器に囲まれたそれまでの生活とはまるで違う、昔の生活様式は、思いのほかゆったりとしている。

だが二人から調伏師の能力や魍魎の性質、彼らが戦ってきた歴史などを教わってみると、自分にできるのだろうかと改めて不安になることもあった。

そのうえ夜には、二人に繰り返し体を抱かれて――――。

「――――っ、あっ……！」

布団に横たわって両肢をジンに抱え上げられ、彼の欲望を後ろに挿し入れられて、水樹は小さく呻いた。

肢を支えるジンの腕をつかみ、ぐっと爪を立てた水樹に、ライが横合いからなだめるみたいに言う。

「まだ体が強張っている。力を抜くんだ」

「んんっ、で、もっ」

「大丈夫だ。俺たちを信じろ」

「ぁん、んふっ」

ライに口唇をキスで塞がれ、上あごや歯列を甘く舐め回されて、クラクラとめまいを覚える。

深く情熱的な、ライの口づけ。味わうだけで体の芯が蕩けるみたいになって、うなじの辺りにビンと痺れが走る。

腰を浮かせると、ジンが緩く腰を使って怒張をさらに沈めてきた。

「んぅ、うっ」

「いいよ、水樹。ちゃんと力を抜くことができている」

ジンが優しく褒めて、うっとりとした声で続ける。

「凄く上手になってきたね。きみが俺をしっかりのみ込んで、包んでくれているよ。一つになっているの、分かるかい？」

「ん、ぁっ、ああ……！」

腰を揺すり上げられ、上体を仰け反らせた反動で、ライの口唇が外れる。水樹の髪を撫でながら、ライが告げてくる。

「汗ばんできたな。きみはいい香りがする」

「かお、り？」

「若く青い、みずみずしい肉体の香りだ。ああ、どうやらすべてのみ込めたようだぞ、水樹」

ライが言うと、ジンがふっと一つ吐息を洩らした。狭間にジンの下腹部が押し当てられたのを感じ、彼の雄を根元まで体に収められたのだと分かる。

ジンがふっと息を一つ吐く。

「さて、ここからだ。暴走してしまわないように、ちゃんと自分を抑えないとね。じゃあ、いくよ？」

「は、い、ぁっ、あっ、ああ……」

ジンに腰を使われ、声がこぼれる。

二人とはあれから毎晩、何度も抱き合っている。

行為には慣れ、紅焔であったときの記憶も少しずつ思い出してきた。まだ結界の外には出ていないが、そろそろ調伏師としての力を試すことができそうな段階だ。

触れ合うことで能力が目覚めるという話は、どうやら本当だったらしいのだが――。

「ああ、凄い。水樹の中がキュウって締まったよ。ここ、いい？」

「あっ、あんっ、ゃ、そこ、やぁっ」

「反対のことを言うんだね、きみは。こんなに俺にすがりついてくるのに」

ジンが言って、キュッと眉根を寄せる。

「くっ、絡みついてくるみたいだ……、これ、ヤバいなっ、止まらなくなるっ」

「抑えろよ、ジン。あまり焦っては、水樹に負担がかかりすぎるぞ」

「分かってるよ、ライっ！　けどやっぱり、キツっ……」

「はああっ、ああっ、ジンさんっ、駄目ぇっ……！」

ジンがこらえきれぬ様子でピッチを上げたので、大きく体を揺さぶられる。

すると水樹の内腔もそれに応えるみたいに熱くなって、ますますジンに追いすがっていく。体芯を強い愉悦が駆け抜けて、チカチカと視界が明滅する。

凄絶な肉の快楽に、どこまでも落ちていってしまいそうだ。

（力を、目覚めさせるための行為なのに）

セックスを覚えたての若者、というのが実際にどういうものなのかは分からないが、今の二人と自分は、まさにそんな雰囲気だ。あくまでほかに目的があってしていることなのだが、ときどきそれだけではなくなる。

最初のときに感じた、魂が触れ合うみたいな感覚もあるにはあるが、体が行為に慣れてきたせいか快感にのまれてしまうことも多く、水樹はいつも淫らに啼き乱れているばかりだ。そしてそれはジンとライも同じらしく、水樹の体を気遣いつつもどうにも止まらないときがある。

五百年もの間、水樹を待っていたのだから、それも当然だろうとは思うが、こんなことでいいのだろうかと、終わると少しばかり冷静になったりもする。

とはいえ水樹も一応は健康な若い男子、ただ甘く気持ちのいいことに、理性だけで抗えるわけもなく――――。

「ジン、ああっ、ジンさんっ、僕、達きそっ……！」

「ああ、いいよっ、俺も、もう……！」

水樹とジンの切羽詰まった声を合図にしたように、ライが横合いから身を乗り出してきて、すでに透明液で濡れそぼっている水樹の欲望を口に含んだ。射精をうながすみたいに幹を指で上下に扱かれて、ひと息に高みへと持っていかれる。

「ふぅっ、あっ、達くっ、あ、アアッ――」

体内のジンの雄を締めつけながら、水樹が頂を極める。

するとジンがアッと叫んで、ぐっと水樹の最奥を貫いて動きを止めた。

ひと呼吸おいて、腹の底にドッと熱いものが吐き出される。

「ああ、ああっ……、凄、い……！」

ジンの白濁の熱に、彼も絶頂に達したのだと分かる。

すると見上げた天井に、何度も繰り返し夢に見てきた戦場の光景が見えた。

（ああ、凄い……、紅焔さん、何て華麗なんだろう）

水樹の視界に映るのは、在りし日の紅焔の姿だ。

調伏師が使う、呪の書かれた札を自在に使い分けながら、大きな魍魎を次々と浄化退散させていく、白装束姿の紅焔。

彼につき従い、守りながら調伏を支えるジンとライは、光の太刀で雑魚を蹴散らす。

鮮やかで美しく、無駄のない戦い方。主と眷属との、完璧な調和――。

ジンやライと抱き合い、互いに結び合って頂に達すると、そんな、言葉では上手く言い表せない幻視のようなものが、水樹の脳裏をよぎる。

恐らく、白日夢の一種なのだろう。紅焔の戦いの記憶の断片であったり、調伏師としての力の使い方であったりさまざまだが、水樹の中の紅焔としての記憶が呼び覚まされ、力も徐々に解放されてきているのを感じる。

　絶頂の恍惚の中で見るそれは、まるで天啓がひらめくみたいに厳かで、しばし淫蕩の熱を忘れてしまう。

「大丈夫？　つらくない、水樹？」

　紅焔の幻視に見惚れていると、ジンに気遣わしげに声をかけられた。水樹は慌てて頷いた。

「は、い、大丈夫、です……」

「よかった。次はライが、きみに悦びを与えるよ」

　ジンが言って、水樹の後ろから自身を引き抜く。

　そのまま脇へと退くと、今度はライがジンのいた場所に体を移動し、水樹の肢を抱え上げて言った。

「繋がるぞ、水樹」

「ん、はぁっ……」

　ジンが抜けた後ろにまた熱棒を繋がれ、甘ったるい声が洩れる。

　熟れ切った後孔は、ライをするするとのみ込んでいく。すでに余裕のない声で、ライが言う。

「いつもながら熱いな、きみの中はっ」

「ライっ、さん」

「すまない、なるべくこらえたいが、そうできなかったら、許せ……！」

許すも何も、こちらもじきに行為に溺れていく。そうなれば、どんなに乱れようともう一緒だ――。

夢とうつつを漂いながら、ぼんやりとそう思う。水樹は律動し始めたライに、ただ身を任せていた。


それからしばらく経ったある日のこと。

「いた、あそこだよ、水樹！」

「えっ、どこですっ？」

「正面だ。あれが最後の一体だな。札は『現』と『破』を使え」

人里離れた山奥の、木漏れ日が落ちる林の中。

水樹はジン、ライと共に五体ほどの魍魎を追っていた。

最初の四体はすでに調伏済みだが、残る一体の動きが素早く、水樹には姿が見えない。

だが水樹を守るように前方の左右に立つジンとライには、見えているようだ。言われた通り正面を見据え、胸元にしまってある札を取り出す。

「現」と書かれた札は、水樹の目に見えるよう魍魎の姿を引き出すもの。「破」の札は、望んだものを破砕することができる呪の札で、どちらもさほど力の強くない低級な魍魎を調伏するのに使用する。

（大丈夫。ちゃんとできる）

練習を経て数日前から実戦に出て、きちんと成功させてきた。水樹はふうっと息を吐いて緊張を振り払い、札を掲げた。

「魍魎、現れ出でよ！」

言いながら、「現」の札を地面に押しつける。札からブスブスと煙が上がると、木の陰から黒い影が出現してきて、唸り声を上げた。

『ウオォ！』

魍魎は高さ一メートルほど。

大学構内で襲ってきた『下僕』よりも小さく、人の姿すら取れぬくらいに力の弱い個体だが、人の多い地域に現れればそれなりに悪影響を及ぼす。

移動して力をつけ、大きく成長する前に調伏したほうがいい。

「魍魎、調伏！」

続けて言って、「現」の上に「破」の札を重ねて置く。

札から煙と共に火花が散って、魍魎がビクビクとのたうち、呻き声を上げ始める。

『ヴ、ウ、ォオッ……！』

魍魎が抵抗しているのか、黒い輪郭がグネグネと形を変える。もしかして、呪を念じる力が弱かっただろうか。

どうしたものかとおろおろしていると、ライが短く促した。

「迷うな。もう一枚だ」

「は、はい。魍魎調伏！」

札を追加すると、今度はボッと大きな炎が上がった。魍魎の体が大きく膨らむ。

『ガァァ……！』

鼓膜を揺らす断末魔に、水樹の心拍数が上がる。

必ず成功すると、強く念じながら凝視していると、やがてパンと風船が破裂するみたいに魍魎の体が弾けた。

ジンが安堵のため息をつき、こちらを振り返って言う。

「うん、完璧だ。全部始末できたね。その二つの札も、もう十分に使いこなせるようになったみたいだ」

「ふむ……、調伏師としての能力は、かなり目覚めてきたようだな。あとは呪を念じる意気の強さか」

「すみません、何ていうかまだ、自信がなくて……、あ……」

思案げな顔のライに言葉を返しかけて、その左腕に爛れた火傷のような痕ができているのに気づいた。

「ライさん、その傷……？」

「ん？　ああ、二つ目か三つ目の奴に血をかけられたかな。少しばかり深く入ったようだが、まあ大したことはない」

そう言ってライが、右手で傷をぐっと押さえる。水樹は慌てて言った。

「すいません、僕が札を出すタイミングに悩んだからですよね？」

「気にするな。……とはいえ、迷いは減らすに越したことはないな」

ライの言葉に、ジンが頷いて言葉を繋ぐ。

「そうだね。水樹は結構、これでいいのかなとか、大丈夫かなとか、札を使うたび考えてしまうよね？」

「あ、はい」

「今はまだ仕方がない。だが翠巒は、人の心を惑わすのが上手い魍魎だ。気持ちに迷いや曇りがあると、そこを突いてくる。立ち止まって悩んでしまうと勝てなくなるんだ」

ライが言って、真剣な顔をする。

「もっと非情になっていい。奴らに対しても、俺たちに対しても」

「お二人にもですか？」

「そうだよ、水樹。きみを守り、支えるのが俺たちの仕事だからね」

そう言ってジンが、ニコリと微笑む。

「きみは俺たちがそうするに足る、立派な調伏師だと思うよ。紅焔の生まれ変わりだから
じゃない。きみ自身がそうなんだ」

「ジンの言う通りだ。もっと自信を持っていい」

「は、はい、ありがとうございます」

思いがけず褒められて、嬉しい気持ちになる。

不死身の二人に守られ、言われるままにやっているだけだが、そう言われると自信に繋
がる。

少しは自惚れてもいいのかなと、心の隅でそう思っていると、ライが地面の上で燃え尽
きて炭になってしまった札を見やって、ぼそりと言った。

「それはそれとして、もう少し何とかならないのか、筆書きの腕は？」

「っ、それはっ……」

「この『破』は、どう見ても石が大きすぎる。あまりにも別物になってしまっては、いざ
というとき不発に終わるぞ？」

「れ、練習しますってば！」

痛いところを突かれて赤面する。

水樹は子供の頃から習字が苦手で、札に書かれた呪は皆、小学生が書くみたいなぎこちない字ばかりだ。ジンがクスクスと笑って言う。

「まあまあ、ライ。誰でも得手不得手はあるから。水樹、ほら、あれをやってみようよ。持ってきてるだろ？」

「え、いいんですか？」

「もちろん」

「ん？　何の話だ？」

怪訝そうなライに、胸元から紙を取り出して広げてみせる。

そこに描かれたものを見て、ライが不可思議そうな声で言う。

「鳩（はと）に、雀（すずめ）に、鵯（ひよどり）か。墨絵だが、なかなか写実的な素晴らしい絵だな。きみが描いたのか？」

「はい、昨日札を書くときに、手慰みにいろいろ。それでジンさんに見せたら、出せるんじゃないかって。やってみますね？」

目を丸くしているライの前で紙を上に向けて、水樹は言った。

「現れ出でよ、ええと……、鳥たち！」

いい加減な言葉を唱えてしまったが、紙はすぐにふるふると震え始めた。ジンが楽しげに言う。

「お、羽が浮き出てきたよ？」

「……尾羽もだな」

「本当ですね！　わ、わぁっ！」

紙からするりと抜け出すみたいに鳩が現れ、バサバサと羽を動かして飛び上がったので、水樹も目を見開いた。

続いて雀、鴨も紙から出てくる。ライが思案げに小首を傾げる。

「なるほど、これは使えるかもしれんな。小動物だけでなく、鷹や獣を使役できるなら心強い」

「鷹に、獣ですか？」

ひらひらと飛び回る鳥たちを眺めながら訊ねると、ジンが頷いて言った。

「猛禽も猛獣も、魍魎にとっては天敵みたいなものだからね。今後増えてくる奴らを狩り立て、包囲して抑え込めるなら、それは大変な戦力だ」

「ああ、なるほど。『下僕』はまだまだ増えるんですもんね」

二人に聞いた話では、魍魎の翠巒は、とある山岳地帯の奥深い洞窟の中に封印されているらしく、復活の力を得ようと各地に『下僕』を送っているので、近年数が増えているとのことだ。ある程度その数を減らさなければ本体にたどり着くことすらも難しく、また危

険でもあるので、数年前から全国的に『下僕』狩りが行われているという。

かつてはその担い手は、夢の中で紅焔が言いかけた『里』と呼ばれるコミュニティーに所属する魍魎調伏師たちで、彼らはいわゆるエリート集団だったらしい。

だが各地に散らばる『里』は魍魎調伏師の衰退と共に数も減り、残っている『里』も互いに疎遠になっていて、水樹のような若い調伏師を育てる余裕もないとのことで、水樹のように少数の式神と共に独立して魍魎を退治する調伏師も増えているらしい。

「僕、頑張って描いてみます。書道のほうも、精進して……、ぁ……？」

高く舞い上がっていく鳥を眺めながら言おうとしたところで、急に膝に力が入らなくなってよろりとよろけた。

ライがさっと手を伸ばし、水樹の体を支えて言う。

「あまり無理はするな。倒れてしまうぞ？」

「え……、わぁ？」

ライにひょいと体を横抱きに抱き上げられて、体がずっしりと重いことに気づく。

そんなつもりはなかったのに、体はひどく疲労しているようだ。

「無理なんて、しましたっけ、僕……？」

「今日はいつもよりずっとね。札を使うより、描かれたものを具現化するほうが何倍も消耗するから……」

ジンが言ってこちらへ近づき、笑みを見せて告げる。

「今日はもう帰ろう。身を清めて食事をとって、早めに床に入るのがいい」

「そうだな。失った霊力は、俺たちがきちんと回復させてやる。心配するな」

「あ……、は、はい」

言外の意味を悟って、心拍が弾んだ。

それは端的に言って床で抱き合うということなのだが、ジンもライも淫靡な風情など少しも見せないので、ときどき忘れそうになる。

それどころか早くそうしてほしいと、そんな気持ちを抱いてしまったりもして。

（い、いや、別にそういうつもりじゃ、なくて）

行為に慣れてきたのは確かだが、期待をしているわけではない。

ただ少し、ドキドキしただけで――。

「つかまっていろ」

ライに促され、首にしがみつく。

彼らと抱き合うのは、あくまで力を取り戻すため。

二人と共に風のように空に舞い上がりながら、水樹は自分に言い聞かせるようにそう思っていた。

それからまた数日が経った、ある晩のこと。

「こんばんは、水樹。また色のある絵を描き始めたのですね？」

眠りについてしばらくした頃、いつもの夢の続きに紅焔が出てきて、水樹にそう言った。

「ああ、こんばんは、紅焔さん。そうなんです。僕のことを支えてくれる動物たちを、できるだけ力強く描こうと思って」

この間描かれた鳥をはばたかせたあと、水樹は二人の言葉通り、鷹や鷲、狼（おおかみ）や虎（とら）などの獣を描いてみた。

しかし墨絵では限界があり、できれば家や大学で描いていたような、絵の具を用いた色彩豊かな絵を描きたいと話したら、買い出しのときに画材を調達してきてくれたのだ。

「安全を考えて、凄く短い時間になるとは思うんですけど、明日写生しに行くことになってるんです、動物園に」

「そうですか。それは楽しみですね」

水樹にそう言って、紅焔がしみじみとした顔で続ける。

「なるほど、あなたは絵を描く能力を持って生まれたのですねえ」

「え？　紅焔さんは違うんですか？」

「ふふ、私には絵心はありません。二人に訊いてみたら分かりますよ」

紅焔がおかしそうに言って、優美な顔に笑みを浮かべる。

「それは、あなただけの能力です。私にはない、あなた自身の持つ力だ」

「僕だけの、能力？　でも、僕はあなたの……？」

「生まれ変わりとはいえ、すべてが写しだというわけではなりません。最後にあなたを助けてくれるのは、今を生きるあなたの力。天賦の才と思って大切にするといいですよ」

思わぬことを言われ、軽い驚きを覚える。

何となくだが、調伏に関わる力は何もかもが紅焔から受け継がれたものなのだと思っていた。生まれ変わりとは言うけれど、別の命、別人格なのだと改めて気づかされる。

書道が苦手な水樹にも、水樹なりの戦い方があるのかもしれない。

「あの、紅焔さん。五百年前、翠巒を倒せなかったのは、翠巒が邪悪で強大だったからなんですか？」

「そうですねえ。今振り返ってみると、当時はちょうど、長く続く戦乱の時代が始まった頃で……。翠巒は民衆の不満や熱狂といった、強い感情を糧に大きく成長した魍魎でしたから、確かに強大でしたね」

紅焔が言って、優美な顔をほんの少し曇らせて続ける。

「でも、倒せなかったのはやはり私の力不足です。二人をあんなふうにするつもりもなかったのですが……、ジンとライには、本当に申し訳なく思っていますよ」

「……そうなんですか……？」

水樹の見る限り、ジンもライも紅焔に何か不満を持っている様子はなかった。

でも、五百年前の話になったときに二人が微妙な空気になったのは覚えている。

紅焔が申し訳なく思うということは、やはり五百年前に何事かあったのかもしれない。

何か不測の事態でも起こったのだろうか。

「明日は気をつけて行ってらっしゃい。素敵な絵を描いてくださいね」

優しく言って、紅焔がスッと消えていく。

水樹は深い眠りに落ちていった。


翌日はよく晴れていた。

久々に洋服を着て朝早くに山を下り、隣県の大きな動物園に開園と同時に入った水樹は、ジンとライに守られながら広い園内を歩き、ライオンや虎、豹などを写生して回っている。

平日で空いているせいか、園内はのんびりした雰囲気だ。

「ここは……、ベンガル虎かぁ。大きいな……！」

スケッチブックのページを捲って、鉛筆を動かす。

動物園に来るのは、たぶん小学生のとき以来だ。そのときもスケッチブック片手に園内を散策し、帰ってから描いた絵でちょっとした賞をもらったのを覚えている。

今にして思えば、あれが将来絵の道へ進みたいと思い、美術大学へと進学することになる最初のきっかけだったかもしれない。

「……上手いものだな。俺にはここまで描けない」

柵の傍に立ち、一心に絵を描く水樹の手元を覗き込んで、ライが言う。

同じ大学の学科の先輩だというのは、水樹に近づくために周囲の人々の記憶をいじってそう思わせていただけで、ジンとライには美術の専門知識はないのだとあとから聞いた。

しかし、長く生きる中で得てきた知識や素養はあるようで、日本画や水墨画ならそれなりに描けるらしい。百年か二百年ばかり前に描いた絵を目利きの骨董品屋に売ることで、社会生活に必要な金銭を得たりしているようだ。

「ライさんは守りの腕輪をデザインしてくださったんでしょう？　絵はお得意なんじゃないですか？」

「あれは絵じゃない。木彫りで型を作った」

「木彫りですか！　僕、立体はあまり得意じゃないんですよ。今度教えてくれますか？」

「そうしたいのなら」

ライが言葉少なに答える。

その目は辺りを見回していて、危険がないか警戒している。それほどピリピリした様子はないが、目つきは真剣だ。

　今日のライは長い銀髪を黒くして、服もカジュアルな洋装だが、体格がいいのでまるで海外の映画に出てくるボディーガードのようだ。動物園の牧歌的な雰囲気の中ではやや浮いている。

「ライさん、動物園とか来たことあります？」

「いや、ないな。ジンもだが、実は動物とはあまり相性がよくない」

「何でです？」

「警戒されるからだ。本能的に人ならざる存在だと気づくのだろう。もっとも、こういう場所で飼い馴らされた動物にはまず気づかれることはないが」

「なるほど、そういうことですか」

　人間社会にはそれなりにとけ込むことができても、確かに野生動物などは敏感そうだ。よく考えてみたら、二人と暮らしている家の周りや結界の中には鳥や小動物もいない。もしかしてジンとライは、この五百年の間ずっと二人きりで暮らしていたのだろうか。

「お二人は、寂しくなったりしなかったんですか、五百年の間？」

「寂しい？」

「だって、大切な人と離れて二人きりになってしまったわけでしょう？」

　そう言ってみてから、水樹はふと思い直した。

「ああ、でもそうか。元々人ではないお二人にとっては、五百年なんて短い時間なんですもんね。それこそ、一瞬なのかな」

　水樹は言って、自分の境遇を振り返った。

「僕は三人兄弟で、両親と祖父母とワイワイやりながら暮らしてたから、今はほんの少し寂しい気持ちがあります。務めを果たせば戻れるって分かってても、家族から一人離れるのって初めてですし」

「水樹……」

「もちろん、いつも誰かに干渉されて、わずらわしいなあって思ってたこともありますよ？　でも、やっぱり何だか寂しいです。家族と離れてるっていうのは」

　そう言うと、ライがしばし沈黙した。それからようやく思い至ったかのように、ぽつりと言葉を発する。

「……そう、か。寂しかったのか、あれは」

「え？」

　ライの言い方が何だか戸惑ったふう聞こえたので、鉛筆を動かす手を止めて顔を見た。微かな驚きの表情を見せながらこちらを見つめ返して、ライがゆっくりと言う。

「寂しかったのかも、しれない。紅焔を失った俺たちは」

「ライさん……？」

「だが、俺たちは……、俺は、その感情の名を知らなかった。いや、知ってはいたが、これがそうなのだと感じたことはなかった」

漆黒の瞳をまっすぐにこちらに向けたまま、ライが言う。

「きみが今、俺に初めてそれを教えてくれた。寂しさとは、こんなにも胸が痛むものなのだな」

「……ライ、さん……」

(ライさんて、こんな顔、するんだ……?)

哀しげな言葉とは裏腹に、ライの顔には穏やかな表情が浮かんでいる。長年感じていた気持ちの正体が初めて分かって、哀しいながらも納得できたというような、澄んだ思いがにじむ表情だ。

ライのそんな顔は初めて見た。いつものクールな表情よりも人間味を感じさせて、何だか少しドキドキしてしまう。

「……あれ、二人とも、ちょっといいムードじゃない?」

「……!」

いきなりジンの声が聞こえたので、慌てて声のしたほうに顔を向けた。

今どきの若者風のファッションに身を包み、手にはソフトクリームを三つ持ったジンが、からかうみたいな目をしてこちらへ歩いてくる。

先ほど通った園の入り口のところに売店があったのだが、水樹は二人と過ごし始めてから洋菓子類をまったく口にしていなかったこともあり、園内を回りながらふと食べたくなった。

ジンにそう言ったら、買いに行ってくれたのだ。

「もしかして、俺のいない間に親睦を深めてた？」

「いえあの、特にそういうわけじゃ。普通に話してただけです」

「ホントかなぁ？　ライ、俺には抜け駆けを責めといて、こっそり水樹に迫ってたんじゃないの？」

「そんなことするか。おまえじゃあるまいし」

「ふーん？　ま、いいけど」

ジンがまだ疑わしげな様子で言って、ソフトクリームをこちらに見せる。

「水樹のご希望のバニラのほかに、苺と抹茶もあったから買ってみたよ。ライは苺？　抹茶？」

「いや、俺はいい」

「まあそう言わずに。美味しそうだよ？」

「そうですよライさん。溶けちゃったらもったいないですし」

「……そうか？」

ライが渋々そう言って、少し迷った末に抹茶を選択する。水樹もバニラを受け取って、三人で傍のベンチに座った。

長身の男二人に左右から守られながらソフトクリームを食べるのは、当然ながら初めてのことだ。

「いただきまーす。……んん！　美味しい～」

ミルクたっぷりの、やや濃厚なソフトクリームだ。思い返してみたら乳製品も久しぶりで、何だか懐かしくすらある。

ごく普通の美大生生活を離れて、まだせいぜいひと月くらいしか経っていないのだが。

「苺も美味しいよ。抹茶はどう、ライ？」

「そうだな、こういう味わいを何と言うのだったか……、ああ、そうか。普通に美味い」

「はは、今風の言い方だね」

ジンが言って、楽しげに続ける。

「何だかいいね、こういうの。ちょっとあれだ、デートみたいじゃない？」

「えっ！」

「俺、実は少し憧れてたんだ。それがどんなものか、もちろん知識としては知っていたけど、俺もライも実体験がなかったからね。『人生』五百年目にして夢が叶った感じだ。水樹といると、本当に毎日が新しい発見の連続だよ！」

「ジンさん……」

本心から嬉しそうな笑顔でそう言われて、ドキリとする。

それはまさに今さっきライに言われたことに似ている。ライもそう思ったようで、微かに目を見開く。

こうして何ということのない時間を過ごすのも、二人にとっては新鮮なのだろうか。

（ていうか、僕にだってかなり、新鮮だけど）

二人と体を繋いではいるが、当然ながらそれは恋愛関係にあるからではない。

でも、いつもの姿と違いごく普通の格好をしている二人と、昼日中の動物園のベンチに座ってソフトクリームを食べ、それをデートみたいだなんて言われると、何だか本当に恋人同士で過ごしているような気分になってくる。

「確かに、ちょっとデートみたいですね。って言っても、僕はしたことないんですけど」

「え、そうなのかい？　今までガールフレンドとかいなかったの？　おつきあいとか、したことは？」

「全然。だって僕、独りで絵を描いてばかりいましたから」

「ホントに？」

ジンが目を丸くして、何か思い至ったみたいに続ける。

「そうかぁ。じゃあ俺たち、今日はみんな初めてってことだよね？　ライだってデートなんてしたことないだろ？」

「それは、そうだな」

「素敵じゃないか！　ねえ、だったら今日は、もうこのまま一日……」

ジンが言いかけたところで、ライが小さくため息をついた。そしてたしなめるみたいな目をしてジンに言う。

「あまりはしゃぐな、ジン。遊びじゃないんだぞ」

「それはそうだけどさー……」

「浮かれている間にも、翠巒は復活のときを窺っている。気を抜いていてはいざというときに……」

「……あ、ライさん、ついてますよ？」

ライの口唇の端に抹茶ソフトの緑がにじんでいるのに気づいて、水樹は急いでポケットからハンカチを出した。

手を伸ばしてそっと拭うと、ライがハッと目を見開いた。

「取れました。抹茶も美味しそうですね？」

本当にそう思ったので口に出して告げてみたが、ライは何故だか絶句したまま、水樹の顔を凝視してくる。一体どうしたのだろう。

「あ、あの、ライ、さ……？」

戸惑って見返したライの彫りの深い顔が、見る間に赤みを帯びてきたので、今度はこちらが絶句した。

向き合う二人の顔を交互に見やって、ジンが不思議そうに言う。

「ん？　何だよライ。顔、真っ赤だぞ？」

「……なっ……」

「あ！　おまえもしかして、照れているのかっ？」

「そ、んなことはっ」

ライが否定するが、耳たぶまで赤く染まっていく。

それを見ていたら、何だかこちらまで気恥ずかしくなってしまった。

「す、すみません、ちょっと、馴れ馴れしかったですね？」

「いや、いい！　不快に思ったわけでは、ないんだっ」

ライが慌てたみたいに言って、考えながらといったふうに言葉を続ける。

「恐らくこれも、先ほどの話と同じだ。俺はこれも、知らなかったんだ」

「……？　話って何？」

ジンが不思議そうに問いかける。水樹は少し考えて、ライに訊いた。

「感情の、名前の話ですか？」

「ああ、そうだ」

ライが頷いて、考えをまとめながら言葉を続けた。

「紅焔が亡くなるまで、彼と俺とは生身の人間と霊体の関係だった。彼を亡くして人の体を得てからの五百年間は、あまり他者と関わることなくジンと二人で静かに暮らしていた。そうだな、ジン？」

「うん、そうだね」

「だから、おまえがさっき言ったみたいに、俺たちには人としての実体験が少ない。それで自分でも予期せぬ感情を抱いたときに、ときどきどうしていいのか分からなくなる。要するに、そういうことだろう」

「つまり、照れたのは否定しないんだね？」

ジンがクスリと笑うと、ライはバツが悪そうな顔をしたが、それ以上何も言わなかった。

小さく首を横に振って、ジンが感慨深げに言う。

「やっぱり面白いなあ、水樹といると。ライのこんな顔、俺も初めて見たからね。人の感情って、頭では分かっていたつもりでも、実感してみると全然違うんだなあ」

「そういうものですか？」

「ああ。少なくとも、紅焔といたときと今とでは感受性がまったく違う。だからきっと、俺とライは紅焔を支えきれなかったんだな……」

ジンが不意に、翳(かげ)りを帯びた声を出す。

ライもキュッと眉根を寄せたので、何か二人が同じように思い至ったことがあるのだと気づいた。

やはり五百年前に何かあったのだろう。水樹はためらいながらも訊いた。

「あの、五百年前、何があったんですか？　どうして紅焔さんは、翠轡を調伏できなかったんです？」

水樹の言葉に、二人が一瞬黙り込む。

ややあってライが、小さくため息をついて言う。

「それも今なら、はっきりと分かる。だが、言っても仕方のないことだ」

「そう、なんですか？」

「俺たちは元々、放浪する荒くれ神だったんだよ。それを紅焔に鎮められて、彼の眷属となった。人との関わりのすべてを、俺たちは紅焔から学んだんだ」

ジンが言って、切なげな目をして続ける。

「ほかを知らぬまま彼の傍にいて、俺たちは感性が未熟だった。だから彼を死なせることになってしまった。思い返せば、後悔ばかりだよ」

「ジンさん……？」

何となくはぐらかされたみたいな、少し歯切れの悪い言い方だ。

痛みをこらえるみたいな目をしたジンに、何だかこちらまで哀しい気持ちになってくる。

そこには確かに過去を悔やむ感情があり、亡くなった紅焔への思慕を感じる。

あのときああしていればと後悔したり、別れを寂しく思いながら五百年も生き続けるというのは、どんな気持ちだろう。

紅焔が二人を解放してやってほしいと言ったのは、彼にはそのつらさが分かるからなのだろうか。

（ちゃんと、務めを果たしたいな。二人のためにも）

自分が魍魎調伏師の力を持って生まれたことなどついこの間まで知らなかったし、こんなことに巻き込まれるなんて思わなかったけれど、それはきっと、ジンとライだってそうなのだ。

霊体から人の体を得て五百年もの長い間生きてきたのだから、水樹よりもずっと年長者ではあるが、だからといってつらいことや哀しいことが些末事になるわけではないだろう。むしろ長く生きている分、長く苦しむということだってあるわけで――。

「僕、早く能力を回復できるように頑張りますね！」

思わず語気を強めて言うと、ジンとライが少々驚いた顔でこちらを見た。水樹は二人を見返して、さらに告げた。

「紅焔さん、力不足でお二人に申し訳ないって、そんなふうにおっしゃってて……。紅焔さんもお二人も、五百年前のことをとても悔やんでるんだなって、よく分かりましたから。

僕が必ず、翠巒を倒してみせます！」

――二人や紅焔のために、力を尽くしたい。

自信があるわけではなかったが、自分のそんな気持ちを素直に伝えると、ジンの顔が微かに歪んで、まるで今にも泣きそうな表情になった。ライはといえばぐっと口唇を結んで、眉をキュッと顰めている。

一瞬、何かまずいことを言っただろうかと不安になったが。

「……なるほど、水樹といると確かに面白いな、ジン。こんな感覚、初めてだ」

「だよね。俺も何だか、胸がいっぱいだ」

（あれ。二人とも、もしかして……？）

表情とは裏腹に嬉しそうな二人に、徐々に気づく。

どうやら二人は、「感極まって」いるようだ。二人はこんな顔もするのだと、感慨深い気持ちになる。

水樹の知っている二人は、夢に見てきた紅焔の記憶と、出会ってからのものだ。

でも、今は一緒に暮らしながら身近で接していて、その時間が彼らを少しずつ変え、水樹に見たこともない表情を見せてくれる。

復活した翠巒を倒すという目的のために体を繋ぐ関係で、義務を果たしたら元の生活に戻れるのを頼みに二人に協力することになったが、だんだんそれだけではなくなってきた気がする。

　二人が人らしくなっていくのを、もっと見ていたい。いろいろな感情を抱いて、笑ったり泣いたりしてほしい。

　何だか、そんな気持ちになってくる。

「水樹、きみには本当に感謝しなきゃね。きみがこの世に生まれてきてくれたことは奇跡だよ。俺たちは、きみと……」

「……っ、ジン、ちょっと黙れ」

「え、なに？」

「魍魎の断末魔が、聞こえた」

「……っ？」

　いきなりライが声を潜め、険しい目をしてそんなことを言ったので、ギョッとして辺りを見回す。

　だが水樹には何も分からない。ジンが口をつぐんで、視線を宙に浮かせる。

「……北のほうに一つ、大きいのがいるね。もしかして、水樹に気づいたかな？」

「まっすぐ来たにしては動きに無駄がある。誰かが狩り損なった奴が、逃げ回っているのかもしれん」

　ライが言うと、ジンが辺りに人がいないことを確認してから、水樹の腰に腕を回した。

反対側に腰かけたライが水樹の腕を支えた次の瞬間、水樹の目の前が真っ暗になり、体がふわりと浮いた。

（うわっ、な、何だ？）

一瞬何が起こったのか分からなかったが、浮いた体を二人にしっかりと支えられているのを感じる。

暗く陰った視界の向こうに流れゆく雲が覗き、眼下には町が見えたから、どうやら周りから見えぬよう気を配りながら、三人で動物園から飛び去る途中なのだと分かった。

「ん？　……ライ。あそこの森を見て。狼煙が上がってるよ」

「あれは……、チッ、助けを呼んでいるようだな」

いくらか困ったようなライの言葉に、目を凝らして見てみると、なだらかな山がいくつか連なった谷の部分から、黄色い煙のようなものが立ち上っていた。

ジンがためらいがちに水樹に訊いてくる。

「水樹、あの煙が見えるかい？」

「はい。何ですか、あれ？」

「調伏師が応援を要請している印だ。あれを見かけたら助けるのが、調伏師の間での決まりだが……」

「そうなんですか？　じゃ、行きましょう！」

「いや、待って水樹。魍魎がきみの今の能力に比べて強すぎたら困る。眷属の式神である俺かライ、どちらかを遣ってくれればいいよ」

ジンがなだめるみたいに言う。

でも、これから強大な魍魎を倒そうとしているのに、今逃げていてはどうしようもない。

水樹は毅然として言った。

「僕だって調伏師の端くれです。札もいくつか持ってきていますし、何かお役に立てることがあるはずです。連れていってください」

「水樹、でも……」

「翠巒を倒すと約束しました。今は少しでも経験を積まないと。僕のことは、お二人が守ってくれるんでしょう？」

そう言うと、二人がぐっと言葉に詰まった。ちょっと生意気な言い方になってしまっただろうか。

「あっ、すみません、僕なんか、まだまだ弱いのに……！」

「いや……、いいんじゃない？　頼りにしてくれるの、嬉しいよ」

「……仕方ないな」

二人が言って、顔を見合わせて笑みを見せる。

「下りるよ。つかまっててね」

ジンが言って、降下し始める。水樹はドキドキしながら二人の腕にしがみついた。

「あそこだな」

森に入り、ライの指差す方向を見ると、木々の間からバチッ、バチッと火花が散っているのが見えた。

どうやら魍魎が移動しているようだ。こちらも急いでついていく。

すると少し進んだところで、ゼイゼイと肩で息をしている白装束の初老の男がいた。

どうやら調伏師のようだ。肢を挫（くじ）いたか何かしているようで、立ち上がることができない様子だ。

「あ、あの……」

「おお！　加勢に来てくれたのか、ありがたい！」

声をかけると、男が振り返って言った。それから水樹をまじまじと見て、小首を傾げる。

「ずいぶんと若いな？　どこの『里』の者だ？」

「え、ええと……」

「たまたま通りかかっただけです。この辺りの者ではありません」

現役の調伏師と出会ったのが初めてで、何と言ったらいいのか困っていると、ジンが助け船を出してくれた。

少し離れた場所でまた火花が散り、唸るみたいな声が聞こえる。

ライが調伏師に訊ねる。

「あれはあなたの式神たちですね？」

「ああ、そうだ。魍魎の動きが素早すぎて、どうにも追い込むことができない」

「我々が足を止めます。水樹、さっきのスケッチを使うよ。大鷲がいいかな」

「あっ、は、はい！」

ジンに言われて、スケッチブックを開く。

大鷲は園の入り口近くにいたので最初に描いた。水樹はスケッチブックを地面に置き、手を添えて言った。

「現れ出でよ、大鷲！」

水樹の言葉に、傍らの調伏師が目を見張る。描かれた大鷲が、ゆっくりと紙の中から出てくる。

「よし、行くよ！」

ジンが言って、大鷲とライを伴って森の中を進んでいく。

水樹もあとを追いかけようと、画材を入れた鞄から札をいくつか取り出した。

すると調伏師が、首を横に振って言った。

「それじゃ歯が立たんぞ！　わしの札を持って行け！」

そう言って調伏師が、こちらに札を渡す。

札に書かれた文字は「爆裂」と「滅却」。どちらも使ったことがないものだ。

「あの、僕にはまだ、これは使えないかもしれません……！」

「なんと！　それは困ったな……。だが、式神四体に押さえさせればさほど霊力を使わずとも使えるはずだ。わしの代わりに、どうか頼む……！」

「あなたの、代わりにですか？」

自分にできるだろうかと疑問を抱いたが、懇願する調伏師の険しい表情に、迷う余裕はないのだと気づかされる。

水樹は頷いて札を受け取り、スケッチブックも拾い上げてジンとライが向かったほうへと駆け出した。

遠くに見える二人の後ろ姿は、いつもの銀髪と白装束の姿へと変わっていて、その体はいつもよりも大きく、肩や腕の筋肉も盛り上がっている。

力強い武者の姿へと変わった二人の向かう先には――。

（……！　大きい！）

森の奥にいたのは、水樹が今までに見たことがあるものよりもずっと大きな魍魎だった。

傍には光の太刀を手にした武者が二人いて、魍魎に攻撃を仕かけている。

恐らく先ほどの調伏師の式神だろう。

「加勢しよう！」

ライが式神たちに声をかけ、光の太刀を手に向かっていくと、魍魎が森のさらに奥へと退こうとした。すかさずジンが、大鷲をけしかける。

「回り込んでくれ！」

大鷲がジンの声に応え、魍魎の行く手にヒラリと飛翔(ひしょう)して、鋭い爪で襲いかかる。

『グウゥゥ』

移動を妨げられた魍魎が唸り声を上げ、黒い影のような腕を伸ばして大鷲を払いのけようとする。

魍魎は大鷲が苦手なのか、防戦一方だ。

「今だ、取りつけ！」

式神の一人が言って、太刀を魍魎に突き立てると、もう一人もそれに倣(なら)い、魍魎に突進していった。ジンがチラリとライを見ると、ライが微かなためらいを見せてから頷く。

式神たちに続いて二人も魍魎に駆け寄り、太刀を突き刺す。

『ヴヲオォ！』

四方から太刀で刺された魍魎が、叫びながら黒い身を捩る。

すると太刀が刺さった場所からどす黒い血が噴き出し、それを浴びた大鷲が溶けるみたいに消え去った。調伏師の二人の式神とジン、ライにも、勢いよく降りかかる。

「くっ……！」

「ううっ」

「ジンさん、ライさん！」

魍魎の血で肌が爛れたためか、二人が苦しげに顔を顰める。

同じく血を浴びた式神の一人が、こちらを見て冷静に言う。

「お師様、どうか、我が主の札をお使いください！」

「え、と、どちらをっ？」

両手に札を持って見せると、ジンとライがギョッとした顔をした。ライが慌てた声で言う。

「右手のほうにしろ、水樹！　左のやつは駄目だっ」

「右……、『爆裂』ですねっ？」

確認してから札を地面に置き、息を整えて、水樹は唱えた。

「魍魎調伏っ！　……っ？　わぁっ！」

声を発した途端、札に触れた指の先からビリッと電流が駆け上がるみたいな感覚があり、札を置いた地面にドンと揺れが走った。

衝撃で尻もちをついてしまったが、どうやら札の効果は発動されたようだ。目の前の魍魎の体内に真っ赤な毬（まり）状の光が現れ、大きく膨らんでいく。

「下がって、水樹！　爆発するから！」

「は、はい！　っ？　あ、あれ……」

下がれと言われて立ち上がろうとしたが、何だか腰が抜けてしまってまともに肢が立たない。魍魎の中の光の玉が爆発したら、こちらにも血が――。

「っ！　待って、そんな近くにいたら、皆さんにもかかってしまうんじゃっ……？」

「奴らは式神だ。案ずることはない」

ジンとライ、それに式神たちが魍魎の不浄な血を浴びてしまうのではと不安になったが、先ほどの調伏師が肢を引きずりながら傍まで来て、安心させるように言った。

それから何やら呪を唱えて、水樹の前に透明な幕のようなものを張る。

「来るぞ」

「っ！」

限界に達した光の玉が、パンと音を立てて破裂する。

ざあっと血しぶきが飛び散った次の瞬間、魍魎の黒い影が搔き消えた。

「ふむ、完璧だな」

血しぶきのかかった透明な幕越しに魍魎のいた辺りを見て、調伏師が頷く。

どうやら、魍魎を退治できたようだ。調伏師が水樹のほうに顔を向けて言う。

「水樹と言ったか。上手く札を使えたではないか」

「な、何とか……」

「大鷲まで出すとは、おぬしなかなかやるな。わしは南の『里』の紫炎という。おぬしはこの辺りの者ではないと言っていたが、『里』は遠いのか？」

「ええと……、そう、ですね」

「いよいよ強力な魍魎が現れ始めた。例の『翠巒』の封印が破れる日も近いだろう。多くの『里』が共闘できるのならば、それに越したことはない。よければ、おぬしの『里』の長老に、書状を……」

紫炎と名乗った調伏師が言いかけて、急にくんと何かの臭いを嗅いで苦い顔をする。

辺りに漂うのは、毎度の肉の焦げた臭いだ。

ハッとしてジンとライを見ると、白装束が派手に裂け、肩や腕の皮膚が爛れて煙が上がっていた。

「ジンさん、ライさん、大丈夫ですかっ？」

慌てて駆け寄ると、ライがさっと傷を隠すように背を向けた。

ジンも肩の傷をそっと手で覆い、笑みを見せて言った。

「ああ、平気だよ。少し経てば、これくらい……」

「おい、おまえたち！　何故そんな怪我をしているのだっ？」

突然紫炎に鋭い声で訊かれ、驚いて振り返った。

一体、何を言っているのだろう。魍魎と戦って怪我をするのなんて、当たり前のことではないか。

(えっ……)

思いがけぬ光景に、水樹は目を見張った。

訝るような目でこちらを見ている紫炎の傍らに、共闘したばかりの彼の式神二人が立って、警戒心を露わにこちらを見ている。

彼らはまったくの無傷で、白装束も汚れていない。ジン、ライと一緒に魍魎の血を浴びたはずなのに、どうしてだろう。

疑問に思いながらも、張り詰めた空気に声も出せない。

ジンとライを凝視して、紫炎が低く問いかける。

「おまえたち……、さては霊体ではないな？　まさか、禁忌の術を施された者かっ……？」

「調伏は済んだぞ、ジン。もうここに用はない」

紫炎の言葉を遮ってライが言い、水樹の腕をつかむ。

するとジンがため息交じりに頷いて、紫炎に告げた。

「無事魍魎を退けられて何よりです。我々は、これで」

「ま、待て！　出会った以上、おまえたちを捨て置くわけには――――！」

紫炎が言いかけたが、その声は風にかき消される。

水樹はジンとライに連れ去られるように、その場から飛び立っていた。


――――『禁忌の術』。

ジンとライが怪我をしたのを見て顔色を変えた紫炎の、気になる言葉。

根城へと帰りながら、それがどういう意味なのか二人に問いかけたかったが、大鷲を出すわ強力な札を使うわで力を使い果たしてしまったらしく、水樹は何も話せぬまま気を失った。

たぶんそのまま帰り着いたので、起こさぬよう寝かせてくれたのだろう。気づけば水樹は、浴衣姿で寝室の布団の上に横たわっていた。

（二人とも、まだ起きているのかな？）

障子の向こうがほのかに明るいが、陽光の明るさではないようだ。

月明かりだろうか。

「うぅ……！」

ゆっくりと体を起こしてみると、全身のだるさに呻きが洩れた。

同時に、体の芯がじんと疼くのを感じる。

今すぐ二人と抱き合いたい。口唇を重ね、肌を擦り合って快感に酔い、熱く体液を交わらせたい――――。

そんな即物的で淫らな欲望がふつふつと沸いてくる。触れもしないままに水樹自身が硬くなったのが分かって、うろたえてしまう。

「霊力を高め合う、だけだし……！」

自分に言い訳するみたいにそう独りごちてみるが、体が内から熱く火照り、息も荒くなっていく。全身が二人を求めて泣き叫んでいるかのようだ。

恥ずかしいけれど、こうなってしまっては二人に鎮めてもらうしかない。

水樹はのろのろと布団を出て、重い体を引きずって暗い廊下を歩き、家の居間のほうへ行った。

すると居間の襖がほんの少し開いていて、中からろうそくの明かりが洩れているのが見えた。

『……痛っ、おいライ、もう少し丁寧にやってくれ！』

『悪いが俺も二の腕をやられている。力加減ができん』

居間からジンとライの声が聞こえる。ジンがハアとため息をついてぼやく。

『やれやれ、まったく。あんなことになるなんて予想外だったね』

『「滅却」されなかっただけマシだろ』

『まあね。あやうく体が消し飛ぶところだった』

「っ？」

二人の言葉にドキリとして、襖の前で立ち止まる。

無我夢中で札を使ったが、もしやあれは危険なものだったのだろうか。

『ときに、ジン。おまえ、太刀の腕が落ちたのではないか？』

『お、さすがするどいねぇ。でも別に下手になったわけじゃないよ。実は今朝、薪割のときに、斧も戦いに使えたらいいなぁって思って少し稽古してたら、手首を捻ってさ』

『……捻挫か。今更そんな怪我をするなよ』

『はは、そうだね。水樹が力に目覚め始めるまで、実際の戦闘をしていなかったから、人の体が気をつけないとすぐ怪我するってこと、忘れてて……、っ！　痛いって、ライ！　もうちょっと優しく手当てしてくれよ！』

「……手当て……？　って、怪我してるんですか、二人ともっ？」

思わず言って、勢いよく襖を開ける。

ジンとライは、畳敷きの居間の真ん中で諸肌を脱いで向き合っていた。傍らには木箱があり、ガーゼやら脱脂綿やらが入っている。

驚いたようにこちらを見て、ジンが訊いてくる。

「あれ、目が覚めちゃった？　今日はもう朝まで起きないかと思ったよ」

「元気そうだな。スケッチから大鷲を出して、あの札を使ったわりには」

ライが言って、手にした包帯の端をジンの腕に留める。

どうやら二人は、先ほど負った傷の手当てをしていたようだ。あれからずいぶん時間が経っているし、もうひとりでに治っていてもおかしくないのに。

「僕は、大したことはありません。それよりお二人とも、まだ怪我が残ってるんですかっ？」

「さすがにちょっと血を浴びすぎたからね。軽ければ全部自己修復できるんだけど、深いものは手当てがいる。人の体の限界だよ」

ジンがライに巻いてもらった包帯の具合を確かめてから、今度はライの胸元辺りの赤い爛れに軟膏のようなものを塗り始める。ライが微かに眉を顰めて言う。

「……痛いぞ、ジン」

「我慢我慢。ていうか、俺も痛かったからね？」

調伏の現場で見た、二人の体の爛れていた箇所は、おおむね薄い膜が張ったようになっている。だが一部に深くまで溶けたようになっているところがあって、かなり痛々しい。

調伏師が連れていた式神の体には傷一つなかっただけに、何だか不可思議だ。

（人の体、だから……？）

もしかして彼らとジン、ライは何か違う存在なのだろうか。「禁忌の術」と言っていたこととも、何か関係があるのでは。

水樹は襖を閉め、二人に近づいて傍らに座った。

ジンとライの体からは、例の肉の焦げたような臭いと微かな腐臭とが漂う。

「……あの、本当に、大丈夫なんですか？」

「ああ。心配いらないよ水樹」

「でも、さっきの調伏師さんが連れてた式神、怪我なんてしてなかったですよね？　同じように、血を浴びてましたよ……？」

水樹の言葉に、二人が黙り込む。水樹は心配になって続けた。

「僕、お二人は怪我をしてもすぐに治ってしまうんだと思ってました。人の体を持っていても、式神だから不死身なんだろうって、そのくらいに思ってて……。でもお二人が怪我をしたらやっぱり嫌だなって思って、あの札を使ったとき凄く焦ったんです」

呪を唱えた衝撃で尻もちをついたあのときを思い出しながら、水樹は言った。

「だけどあの調伏師さんに、式神だから気にするなって、そんなようなことを言われて。もしかしてお二人は、何かほかの式神とは異質な存在だったり、するんですか？」

調伏師の禁忌の術という言葉も、霊体でないことを指摘したことも、目の前の二人を見ているととても気になってくる。

そもそも調伏師の世界がどのようなものなのか、水樹にはまだ全貌が見えていない。ジンとライのことしか水樹は知らないのだ。「人の体を得て五百年間この世に繋ぎ止められている」という状態は、もしやとても例外的な状況なのでは――――？

「異質と言えばまあ、異質だね」

ジンが言葉を選ぶみたいに言うと、ライが頷いて言葉を続けた。

「そうだな。生身の体を持たない式神は、本来怪我をしたりはしない。むこうの連中がそうだったようにな」

「え、そうなんですかっ？」

「何しろ霊体だからね。現代風の言葉で何て言うのかな。『次元の違うところに存在している』とでも言うのかな？」

ジンが言って、こちらを見つめてくる。

「でもたぶん、きみが気になってるのはそういうことじゃなくて、あの『禁忌の術』って言葉の意味だよね？」

「あ……、はい」

「やっぱりそうか。まあ、ああいう言い方をしたのにはいくつか理由があるんだけど、要は俺たちを汚らわしい存在だと思っているんだよ、彼は。もちろん彼の連れていた式神もね」

「汚らわしい？」

「滅びゆく人の肉体に繋ぎ止められていることが、彼らにはそう思えるんだ」

ライがさらりと言って、手のひらをそっと胸に押し当てる。

「でも、他者が何と言おうとこの体は紅焔が残した大切な体だ。そして今は、主であるきみのものでもある。きみと共に戦い、きみを守れるなら、痛みも傷も誉れだよ」

「なるほど、誉れか。上手いことを言うな、ジン」

ライが言って、記憶をたぐるみたいに視線を上げる。

「そういえば、この体になって初めて痛みを感じたときは新鮮だったな。放っておけばすぐに治る程度のかすり傷だったが、俺は人の体を得たのだと実感した」

「俺もそうだったな。汚らわしいだなんて思わなかったよ。脆く壊れやすい人間というものを、むしろ愛おしく思った。調伏師につき従い、人間のために魍魎を倒すっていうその意味を、初めて分かったというか……。早く紅焔の生まれ変わりに会いたいなあって、そう思ったよ」

「そんな、ふうに……？」

二人の言葉に、何だか心を動かされる。

人の体は永遠ではなく、傷つき壊れやすい。

しかしその体に繋ぎ止められ、五百年もの間生きてきた彼らには、そんな感覚は遠いものなのだろうと、水樹は何となくそう思っていた。怪我をしても、不死身の彼らにとっては大した問題ではないのではないか、と。

(でも、やっぱり痛いのは確かなんだ)

紅焔の遺志を継ぐため長い年月待ち続け、生まれ変わりである水樹の力を目覚めさせて、共に戦う。

二人の決意は強く、ぶれることはなかったけれど、周りから見れば穢れた存在と映り、傷つけば痛みを感じる。

ジンとライがずっとそんな時間を過ごしてきたのだと思うと、その献身と健気さとに心を打たれる。二人のために何かしてあげたいと、そんな気持ちになってくる。

水樹は二人に近づき、畳の上に置かれた軟膏の容器を手に取って言った。

「あの、僕に手当てをさせてください！　お二人の怪我の！」

「え、水樹がしてくれるの？」

「はい。えっと、これ塗ればいいですか？」

軟膏をすくい取り、ジンが塗ろうとしていたライの傷にそっと触れる。

ライが小さく息を洩らしたので、やはり痛むのだと分かった。ジンの体にも、まだ手当てされていない傷がいくつかあったので、そちらにも軟膏を塗っていく。

そうしているうち、水樹は思い至った。

ジンとライは自分を守ってくれるが、こちらだって二人を守らなければ、対等な関係ではないのではないか、と。

「あの、物凄く今更なんですけど」

「ん？　何だい、水樹？」

「僕が調伏師として未熟だと、お二人が怪我をするんですよね？」

「？」

「僕、もっと強くなりたいです。守ってもらうばっかりじゃなくて、守れるようになりたいです」

水樹の言葉に、ジンとライが意外そうな顔をする。水樹は考えながら続けた。

「正直言って僕、最初は家に帰れるなら何でもいい、とりあえず言われた通りにしようって、ただそう思ってただけでした。でも、今はなんか違ってて」

いい加減な気持ちだったわけではもちろんないが、半端な覚悟では二人を傷つけてしまう。それは嫌だと、強く思う。

「ちゃんと、調伏師になりたいんです。強くて優しい、みんなを守れる調伏師に」

「水樹……」

おこがましいかもしれないが思ったままに言うと、二人は嬉しそうな表情を見せた。

ライが穏やかな声で言う。

「そう思ってくれるなら、俺たちとしてもありがたいな」

「そうだね。紅焔のためってだけじゃなく、俺たちも五百年生きてきた甲斐が……、っ、つ……！」

「あっ、すいません！　痛かったですねっ？」

傷の手当てなど初めてだったから、ジンに痛い思いをさせたようだ。傷を押さえるガーゼを取り出しながら、水樹は言った。

「こういうことも、上手にできるよう頑張りますから。やり方を教えてください」

「んー、そう言うなら、一番の方法を知っててもらおうかな。水樹結構元気そうだし、いいよね、ライ？」

ジンが意味ありげに言って、ライの顔を見る。

ライが小さくため息をついて答える。

「……そうだな。俺ももう、こらえきれない」

「……？」

ライの声音が何やら甘いトーンだったので、怪訝に思いながら顔を見返すと、ジンが笑みを見せて言った。

「実はね、水樹。一番即効性のある傷の手当ての方法は、きみの口づけなんだ」

「はっ？」

「抱き合うのはもっといい。きみの霊力を回復させることにもなるしな」

「えっ、ライさんまでそんな、ちょ、待っ……！」

ジンに腰を抱き寄せられ、口唇を合わせられて慌ててしまう。

こんな怪我をしているのに、まさかそんな――。

「……ぁ、んっ、んんっ……！」

ジンの舌に口腔(こうこう)をまさぐられ、舌をチュクチュクと吸い立てられて、うなじの辺りがちくちくとなる。

ジンの口づけはいつもよりも貪欲(どんよく)だ。熱っぽく奪われるみたいなキスに、気が遠くなってくる。

「ぁ、ふっ、っ、め、怪我、してるのにっ、んっ、ふっ、ぁンっ」

唾液(だえき)の糸を引きながらジンが口唇を離すと、すかさずライに吸いつかれた。上あごを舐(ねぶ)られ、歯列の裏を撫(な)で回されて、腰にビンビンと痺(しび)れが走る。

二人のキスで、体の芯が熱くなっていく。

(甘、い……、二人の、キス……！)

先ほど目覚めたときに感じた、二人への苛烈(かれつ)な欲望。口づけだけでそれが強く甦(よみがえ)ってきて、水樹の全身がグラグラと滾(たぎ)ったようになる。

そのまま畳の上に身を横たえられたので、二人が水樹を抱くつもりなのだと分かり、こちらの体も一瞬で火がついた。

　でも、体が万全でないのに抱き合ったりして大丈夫なのだろうか。

「心配しないで、水樹。怪我をしてるからこそ、体がきみを欲してるんだよ」

　ジンが察したように言って、ライのキスに酔っている水樹の耳元に口唇を寄せる。

「ほら、きみの体だって昂ぶってきただろう？」

　ジンが優しく囁いて、水樹の浴衣の前を広げてくる。胸と腹を露わにされ、手で撫で回されて、腰がはしたなく揺れた。

「ん、ふっ、ん、む……！」

　ジンに勃ち上がった乳首をしゃぶられ、舌で舐め回されて、喉奥で息が弾む。

　何だか、いつもよりも肌の感度が上がっているようだ。水樹自身も硬くなって、淫らな欲望を主張する。もっと触れられたい、後ろに繋がって奥まで擦り立てられ、熱い蜜液を注ぎ込まれたいと、体がそれだけを求め始める。

　ライがキスをほどき、喘ぐみたいなため息をつく。

「……ああ、効くな！　口づけを交わし合っただけで傷の痛みが治まっていく。きみの体が俺たちを癒してくれる」

　ライが欲情のにじむ声で言って、体の位置をずらし、水樹の片方の肢を持ち上げて脛にキスしてくる。そのまま着崩れた浴衣の裾を捲り上げられ、内股に舌を這わされたら、そ

れだけで背筋に痺れが走った。

触れられるだけで、理性など呆気なく消し飛んでしまう。

「ぁっ、ん、これが手当てに、なるんですか、本当に？」

流されて行為になだれ込んで、あとで後悔などしたくない。

そう思い訊ねると、ジンが濡れた目をしてこちらを見つめてきた。そうしてうっとりと笑みを見せて言う。

「ああ、もちろんだよ水樹。このまま俺たちと抱き合ってくれるかい？」

すでに答えが分かっているみたいな、ジンの甘い問いかけ。

拒む理由などもうなくなってしまったのを悟って、水樹は頬を染めながら頷いた。

「……分かり、ました。僕の体で、いいなら」

ジンに答えて、自ら浴衣の帯をほどく。

前を開くと、ピンと勃ち上がった水樹自身が曝け出された。ジンとライが息を乱しながら左右から肢を押さえ、欲望の幹に舌を這わせてくる。

「あ、あっ、はぁっ……！」

自分の声の甘ったるさに、染まった頬がさらに熱くなる。

そこに触れる舌は熱く、舐められただけで先端部から涙が溢れてくる。

それを二人が競い合うみたいに舐め取ると、そのたびに二人の体の傷が淡く光って、少しずつ修復されていくのが分かった。

水樹の体には、本当に癒しの力があるのだ。

「後ろ、ヒクヒクってしてるね」

ジンが水樹の後孔に指で触れて、嬉しそうに言う。

「俺たちを欲しがってるんだね、きみのここは。こうしてほら、優しく受け入れようとしてくれる」

「あっ、ん、ン……」

水樹の窄（すぼ）まりは、もう二人と交わることに慣れたようだ。

くるくると撫でられただけで、柔襞（やわひだ）が花のようにほどける。指先を中に沈められ、ぐっと貫き通されても、痛みなどはない。

それどころか、中を掻（か）き回すジンの指に吸いついて、引き込むみたいに絡みつく。

「そんなに締めつけないで、水樹。食いちぎられそうだ」

そう言ってジンが、指をゆっくりと抽挿しながら二本に増やす。ライが顔を上げて言う。

「すっかり柔らかくなったな、水樹のそこは。中の感度もいいようだ。ほら、前が元気に跳ねている」

「やっ、言わ、なっ」

後ろをいじられて欲望がビンビンと跳ねているのを指摘され、羞恥（しゅうち）で肌が染まる。

止まらず溢れる透明液をライに舐め取られると、今度はその刺激で後ろをキュウッと絞って、ジンの指をきつく締めつけてしまう。ジンがクスクスと笑う。

「締めつけないでってば。そんなにされたら、こうしちゃうよ？」

「はうっ！　あんっ、やっ、そこ、ゃあっ」

中の感じる場所を指の腹で転がすみたいにもてあそばれ、声が裏返る。腰を揺すって喘ぐ水樹に、ライがまた言う。

「指だけでもそんなに感じるのか？　少し白いのもにじんできたぞ？」

「ああ、ああっ」

ライに切っ先から溢れる嬉し涙を舐め取られ、指で絞り出すみたいに幹を扱かれて、恥ずかしく腰が浮き上がる。

前と後ろを同時に刺激されては、もう逃げ場もない。昂ぶるままに腰を振って、体が勝手に上りつめていく。

「ひぅ、駄、目っ、も、出る、出ちゃっ……！」

「待って。俺たちのどっちが先に白蜜を味わうか決めなきゃ。ねえ、ライ？」

「そうだな。では、水樹に決めてもらおう」

「……えっ……、や、何、すっ……？」

水樹自身を舌で追い立てながら、ライが欲望の根元を指で押さえてきたので、腹の底がキュッとなった。

最初何をされたのかよく分からなかったが、そこを閉められたら出口を塞(ふさ)がれたみたいになって、感じているのにその先へ行けなくなった。

達(い)きたいのに、達けない。射精を抑えられているのだと気づいて、焦りで身悶(みもだ)えしそうになる。

「えっ、ゃ、そん、なっ、押さえ、ないでえっ！」

「じゃあ、水樹。どっちに先に飲んでほしいか教えて？」

「そ、なっ……！」

そんなことを決めさせられること自体恥ずかしすぎるし、何であれ二人のどちらか一方を選ぶなんて、今まで考えたこともなかった。水樹はかぶりを振って言った。

「どっちかなんて、決められないですっ！　ああっ、あ」

ジンに中をまさぐる指の動きを強められ、ライの口腔に欲望を含まれて、大きく背中が仰(の)け反った。

達するのを抑制されたまま感じさせられ、まともな思考ができなくなる。

水樹は涙目になりながら二人に手を伸ばし、濡れた声で言った。

「や、だぁっ、どっちかなんて、選べないっ！　意地悪、しないでえっ、あぐっ、ああ、あっ……」

必死の思いで訴えた、その途端。

水樹の上体がビクンと跳ね、視界が大きく歪(ゆが)んだ。

背筋を快感が駆け上がる感覚に、体が痙攣(けいれん)したみたいになる。

「水樹……？　どうしたの、達っちゃったの？」

「ぁ、あっ」

ジンが優しく訊いてくるけれど、まともに答えられないほど強い快感に翻弄(ほんろう)される。

ライが水樹の欲望から顔を上げ、笑みを見せて言う。

「可愛(かわい)いな、水樹は。とても感じやすい。蜜を放たず達してしまうとは」

何が起こったのか分からなかったが、どうやらそういうことらしい。

ジンが後ろから指を引き抜き、ライが根元を押さえていた指を緩めても、内腔がジクジクと疼くばかりで射精される気配がない。いつもの絶頂よりも長く体が震えて、声も出せないが――――。

(僕の中に、来てほしい……、一緒にもっと気持ちよく、なりたい……！)

達したことが呼び水になったのか、二人と繋がることへの渇望で全身が燃え上がる。互いの感じるところを擦り合って、自分だけでなく二人にも感じてほしい。

水樹は強くそう思い、啼(な)きの入った声で言った。

「来て、くださいっ、僕と一つに、なってっ……」

水樹の言葉に、ジンとライが微かな驚きを見せる。

だがその顔にはすぐに熱っぽい表情が浮かび、隠しきれぬ欲情を湛えた目をして水樹に頷きかけてくる。

脱力した水樹の上体をライが力強い腕で抱き起こして、ジンに言う。

「俺が先に繫がろう。おまえが先に蜜を飲めばいい」

「いいね。そうしよう」

ジンが答えると、ライが水樹の両肢をジンのほうに向けて開かせ、背後から膝裏に手を回して抱き支えて、体を持ち上げてきた。そのまま安座した肢の上に水樹を抱き寄せて、ライが告げてくる。

「このまま繫がる。力を抜いていろ」

「は、い、ぁあ、あ……！」

体を抱えられたまま、下から剛直に貫かれる。

ジンの雄はすでに硬く屹立していて、水樹の柔肉をメリメリと押し開くようにして、ゆっくりと中に入ってくる。

圧入感の凄まじさとは裏腹に、ライの肉棒の熱さに不思議な安堵感を覚える。挿入されることに内腔が悦びを覚えて、沸き立つみたいに熱くなるのが分かった。

男に抱かれることにそんなにも慣れてしまったのかと、一瞬羞恥心を覚えかけたけれど。

（そういうのとは、なんか、違う……）

劣情とは少しだけ違う、もっと温かくて穏やかな、悦びの感覚。

抱き合った相手の体温を体の中に感じることが、ただ嬉しい。目の前の二人のことが、ただ愛おしい。

何だか、そんなふうに思えてくるのだ。

二人とはもう何度も抱き合っているが、今までこんな気持ちになったことはなかった。思いがけぬ感覚に、軽い戸惑いを覚える。

「……水樹、大丈夫？」

一瞬思考に気を取られていると、ジンが水樹に身を寄せて訊いてきた。そのまま水樹の汗ばんだ肌をまさぐりながら、顔を間近に近づけて言葉を続ける。

「いつもと違うふうに気持ちよくなったから、少し恍惚となってるのかな？　目がとろんとして、凄く綺麗だよ？」

「ジン、さん……」

「たくさん感じていいからね、水樹。俺たちと一つになって、いっぱい気持ちよくなって？」

甘美な声でそう言われ、ドキドキと胸が高鳴る。

一つに、なる――――。

自分で言った言葉だが、そうなりたいという感覚も初めてのものだ。

繋がるだけでなく溶け合いたい、境界などなくなってしまうくらい混ざり合いたいと、そんな気持ちにすらなってくる。

水樹の中に雄をすべて収めて、ライが短く告げてくる。

「動くぞ、水樹」

「……はい……、ぁっ、ああっ、あ……！」

抱えられた体を上下に揺さぶられて、声が弾む。

いつになく質量のあるライのそれは、水樹の中の悦楽の泉をズクズクと抉って、達したばかりの肉筒をまた甘く潤ませていく。水樹自身もすぐに反応を示し、勃ち上がって欲望を主張し始めた。

ジンが甘い声で言う。

「こぼしちゃったらもったいないね。全部俺にちょうだい？」

「あ、あっ、ジン、さっ……！」

間近にあったジンの顔が離れ、そのまま下に下りて水樹の局部に埋められる。

欲望をジンの口腔に咥え込まれ、ライが後ろを突くタイミングに合わせてチュプチュプとしゃぶり上げられて、ざあっと肌が粟立った。

体の内と外から二人がかりで身を擦り立てられ、悦びが増幅する。

「あっ、あんっ、いぃ、ああっ、あああっ！」

「くっ、凄い、きみが吸いついてくるぞ！」

水樹のうなじの辺りに口唇を寄せて、ライが悩ましげな声で言う。

前を刺激されたせいか、後ろを締めつけてしまったらしい。水樹を抱きかかえるライの腕にぐっと力が込められ、ストロークが速く大きくなっていく。中を穿つ深度も増して、最奥をガツガツと突き上げられる。

あまりの激しさに、振り落とされてしまいそうだ。

「あうぅっ、はあぁっ、ライ、さっ、激、しぃいっ……！」

「っ、すまない、抑えることが、できないっ」

「ラ、イさぁんっ！」

「自分でも、止められないっ、きみに、のみ込まれていくようだ……！」

ライが苦しげに言って、水樹の肩にきつく吸いつく。

チクリとした痛みにヒッと息が洩れたが、ライの欲情の強さをまざまざと感じ、ゾクリと背筋が震えた。揺さぶられながらふと見ると、水樹の肢を抱えているライの右の二の腕から、つっと血が流れているのが見えた。

激しい行為のせいで傷が開いてしまったようだ。

「だ、めっ、傷に、障りますっ、こんな、したらっ、ああっ、あああっ！」

慌てて制止したが、ライは水樹の体を抱き込んでさらに大きく揺すぶってくる。水樹の耳朶に口唇を寄せて、ライが告げてくる。

「体がきみを、欲しがっているんだ……、この傷ついた、人の体がっ」

「ラ、イっ」

「どうか俺にくれ、水樹っ！　きみが欲しくて、おかしくなりそうなんだっ」

切ない声音で、ライが言う。

まるで枯れた大地が水を求めているかのようだ。野性に任せたみたいな荒々しさは、それだけ傷つき、痛みを感じているからなのだろうか。

（だったら、あげたい。僕の、全部……！）

きっとこれは、生存本能なのだ。人ならざる彼らが、人の体を持ったからこそ、おかしくなりそうなほどに水樹を求めているのだ。

そんな切実さに、こちらも欲情を煽られる。どこまでも乱れたい、互いに求め合っておかしくなってしまいたい。

そんな気持ちになってきて――――。

「ああっ、はうぅっ！　凄ぃっ、奥まで来るっ、ズンって来るぅっ……！」

腕を上げ、背後のライの頭の後ろに回してぐっと引き寄せると、ライがキスをねだるみたいに頬に吸いついてきた。

首を捻って顔を向けると、激しく口唇を奪われた。

「ンんっ、んむっ、ぁふっ！」

チュクチュクと淫らな水音を立てながら、必死にライの舌に吸いつく。首につかまるようにして自ら腰をくねらせると、ライが小さく唸り、喉奥で息を乱した。

互いの動きに反応し合いながら昂ぶっていく感覚に、陶然となってくる。

夢中で身を揺すり、ライに追いすがっていると、ジンが水樹の欲望から口唇を離した。

はあ、と大きく息を吐いて、ジンが言う。

「水樹のここ、今日はたくさん蜜液を流してる。そんなに、気持ちいいの？」

「ん、んっ、ふぅ……！」

「俺も早く、きみと一つになりたいよ。きみに包まれて、一緒に感じたい」

そう言ってジンが、水樹の切っ先にチュッとキスをする。

「何度でも気持ちよくしてあげる。俺たち二人で！」

「ん、ふっ、ひ、ぁっ、ああっ、はあああっ！」

ジンがまた水樹自身にしゃぶりつき、喉奥まで咥え込んで激しく吸引し始めたから、こらえようもなく悲鳴を上げた。

頬を窄めて頭ごと大きく振る、まるで貪るみたいな激しい口淫。

容赦なく吸い立てられて、際限なく感じさせられる。頬の粘膜と幹とが擦れるたび濡れた音が上がって、耳からも犯されるみたいだ。

熟れ切った後ろを掻き回すライの抽挿と相まって、腹の底がぐつぐつと滾ってくる。

「あぁっ、あうぅっ、だ、めぇっ、もっ、ヘンに、なっちゃううっ」

「達きそうなのか、水樹？」

「達、くっ、ライさんっ、も、達っちゃいますぅっ」

「だったら、一緒に……！」

ライが水樹をギュッと抱き締め、ひと際激しく奥を穿つ。

せり上がる絶頂の波に押し上げられ、水樹も腰を揺すると、腹の底がかあっと熱くなった。

「あああっ、達、くっ、あああ……！」

上体を大きく仰け反らせ、体内のライをキュウキュウと食い締めながら、水樹が頂を極める。するとライも哮(たけ)り声を上げ、最奥まで水樹を貫いて動きを止めた。

「く、ううっ……」

「ああ、ああっ……」

腹の奥にライの熱液を叩(たた)きつけられたのを感じ、背筋がビクビクと震えた。

ライの白濁はいつにも増して熱く、ずっしりと重い。ドクッ、ドクッと吐き出されるたび水樹の内壁は蠢動(しゅんどう)し、ジンの口腔の中の水樹自身もビンビンと跳ね回る。

その先端からはたらたらととめどなく白蜜がこぼれ、ジンの喉奥へと吸い込まれていく。

三人で身も心も熱く溶け合ったみたいな、熱く激しいセックス。

喜悦が溢れて、嗚咽が洩れてくる。

「あ、ふ、うぅっ、凄、いっ、凄いぃ……」

絶頂に達して、快感のあまり泣いてしまうなんて初めてのことだ。達したままの体はビクビクと震え、両の目からは涙があとからあとから流れてくる。

水樹の蜜を飲み干して顔を上げたジンが、目を丸くして訊いてくる。

「水樹、どうしたの？　大丈夫？」

「は、いっ」

「でも、泣いてる。どこか苦しかった？」

ジンの言葉に、ライがハッとした様子で肩越しに顔を覗き込んでくる。

二人とも、水樹が悦びで泣いているのが分からないのだろう。慌てているふうなのが何だか少し可愛くて、愛おしくなる。

水樹はほうっとため息をついて、うっとりと言った。

「大丈夫、です。僕、嬉しくて泣いてるんです」

「嬉しい……？」

「はい。ライさんも、ジンさんも、人なんだなって、そう思ったら、何だかそれが、凄く嬉しくてっ」

涙をこぼしながら、水樹は想いを吐き出した。

「人の体だから、怪我もするけど……、こうやって直に体を触れ合わせて、愛し合うことができる。僕はそれが、嬉しいんです……！」

「水樹……」

ジンが水樹をまじまじと見つめて、胸が詰まったみたいに言う。

「きみが、そんなふうに思ってくれるなんて……、俺のほうこそ、こんなに嬉しいことはないよ」

「ああ、本当だな。本当に、そうだ」

ジンの言葉にライが頷いて、嚙み締めるみたいに言う。

「『愛し合うことができる』、か。自分では、思いつきもしなかった言葉だな」

ライが水樹の肩にチュッとキスをして、感慨深げに続ける。

「……だが、いい。人の体とは、いいものだな」

「ジ、ン……、ライ……」

内心を吐露するみたいな二人の言葉に、気づかされる。

それもまた、五百年間生きてきた二人が、今初めて実感した感覚なのだと。

――『安心して彼らに身を委ね、身も心も結び合ってください』

紅焔がそう言ったのを、ふと思い出す。二人と体を重ねてはいたが、心を通い合わせるのには時間がかかるものだ。

けれど今、ようやく心が少し繋がったような気がして、胸が温かくなる。

傷つき壊れやすい人の体に留められ、「汚らわしい」ものとして見られながらも、使命を果たすため、二人は生きてきた。

その先に自分が立っていて、彼らと交わることで、その強い意思や想いを受け止めることができつつある。

そう思うと、ただ嬉しい。

自分が、彼らが、この世に存在していることが、確かに意味あることなのだと感じて――。

「次は俺と交わってくれ、水樹。俺もきみと、『愛し合い』たい」

「……は、い……」

水樹と向き合うように安座したジンに誘われ、水樹は心ときめきながら、ジンの首に腕を回して寄りかかった。

後ろからトプリと音を立ててライ自身が引き抜かれると、ジンが腰を引き寄せて、後ろに彼の切っ先をあてがってきた。

ライの放ったもので濡れ、熟れた後孔に、今度はジンが沈められていく。

「あ、あ……、あっ……」

挿れられただけでまた達きそうになったから、眉根を寄せてこらえる。

何度でも達したいけれど、それは繋がった相手と一緒がいい。

「ああ、きみの中は気持ちいい。温かくて潤んでいて、包み込まれているみたいだ」

「……ジンさんも、熱、い……」

「こうしたくてたまらなかったからね。もう、動くよ？」

「はい、ぁ、あっ――――」

ジンがゆるりと動き出す。

ライが背後から水樹をそっと抱いて、甘く囁く。

「きみと何度も繋がりたい。この、体で」

二人に繰り返し求められたら、どこまで感じてしまうのだろう。

甘美な戦慄を覚えながら、水樹はまた、自ら腰を揺すっていた。


その翌日のこと。

「それじゃ、水樹。日用品の買い出しに行ってくるね？」

「はい……」

「なるべく早く戻る。結界から出るなよ？」

「分かりました。行ってらっしゃい……」

寝室の襖を開けてこちらを覗き込んでいたジンとライを、水樹は布団に寝そべったまま、軽く手を振って見送った。

二人は定期的に町へ買い出しに行っている。本当は昨日の帰りにどこかに寄るはずだったが、慌てて帰ってきたため今日また出かけることになったのだ。水樹も一緒に行きたかったのだが、体の節々が痛く、昼近くまで寝ていたのにまだ寝足りない。

情事で盛り上がりすぎて起きるのもだるいなんて、当然ながら初めてのことだ。

（昨日（きのう）は本当に、凄かったな）

溶け合うような、とか、溺（おぼ）れるみたいな、とか。

言葉にしようとするとどうしても陳腐になってしまうけれど、とにかく今までにないくらい、二人と深く交わり合った。

人の体を持つ者同士としてはもちろん、式神である彼らそのものとも、これ以上なく親密に触れ合ったような、そんな交合だったと思う。

『人の体だから、愛し合うことができる』

自分の口からこぼれた言葉に、今更のように少々気恥ずかしくなる。

元々、体を繋ぐと紅焔の記憶がよぎったり、ジンとライの霊体そのものに直接触れるみたいな感覚はあったのだが、昨日は何だか、二人が水樹を強く求めていることが直に伝わってきて、こちらも愛おしい気持ちになった。

　今まで恋人どころか本気で好きになった人もいないのに、いきなり二人の、しかも人外の存在と深い関係になり、心を通わせ合っていることに自分でも驚くが、これが五百年前から定まっていた運命なのだと思うと、とても感慨深い。

　紅焔の生まれ変わりとしてではなく、自分自身の感覚として、そう思う。

「……そういえば、紅焔さんの夢、見なかったな」

　長く眠っている間に紅焔が夢に出てきてもおかしくなかったが、今日は現れなかった。こちらから会いたいと思っても会えないものなのだろうか。昨日は昼間にもいろいろあったし、話したいことがたくさんあるのだが。

「……あ、昨日の鞄放りっぱなしだ」

　スケッチブックから大鷲を出して、そのあと乱雑に鞄に突っ込んだまま帰ってきたので、中を整理しなくてはいけない。

　水樹はゆっくりと布団の上に起き上がった。

　痛む腰をさすりながら見回すと、部屋の床の間のところに鞄があったので、這っていって中からスケッチブックを取り出す。

　大鷲は抜け出して消えてしまっていたが、ほかのページには動物園で描いた絵が並んでいる。

「そっか、ベンガル虎、途中になっちゃったんだっけ」

描いている途中でジンとライに抱えられてあの場を離れてしまったので、最後まで描けなかったが、毛並みのいい美しい虎だった。

大まかなあたりと軽い陰影はつけてあるから、記憶を頼りに仕上げられるかもしれない。

水樹はそう思い、鉛筆を取り出して続きを描き始めた。

無心で絵を描く時間は、水樹にとってなくてはならない大事な時間だ。

『最後にあなたを助けてくれるのは、今を生きるあなたの力』

紅焔の言葉をふと思い出す。

昨日の魍魎との戦いのさなか、水樹が描いた大鷲は、ジンの言葉に従って魍魎に向かっていき、戦いをサポートしてくれた。

血を浴びて消えてしまったが、自分が生み出したものが生き生きと動くさまを見るのは驚きだった。あんな光景は非現実的で、人に話しても信じてはもらえないだろうが、とても創作欲を掻き立てられる。

翠巒を倒すという務めを果たして日常に戻ったら、またたくさん絵を描きたい。

そんな気持ちになるのだけれど。

（でもそれって、ジンやライがいない日常、ってこと……？）

今まであまり考えてみなかったが、紅焔の願いどおり解放したら、二人はもう水樹の前からは消えてしまうのだろうか。

それとも、霊体としてそこに存在して、また水樹の眷属になってくれたりするのだろうか。けれどそれなら、水樹は今までの生活に戻ることなく、調伏師として生きていかなければならないのではないだろうか。

先のことは分からないが、できれば二人と、もっと一緒にいたい。

ふとそんな思いがよぎって、何となく胸がキュッとなる。

限りある関係だからこそ体の関係までも受け入れたところはあるが、今はもうそれだけではない。

自分を激しく求めてくる二人に感じるこの気持ちは、何だか以前よりも、甘い感情のような気もして――――。

「……っ、え？」

鉛筆を動かして虎を描きながら、ぼんやりとそんなことを思っていたら、手にしたスケッチブックがいきなりぶるぶると震え出した。

何事かと目を見開くと、スケッチブックがバサッと宙に浮き上がり、中のとあるページが開いた。

それは昨日、動物園の「ふれあいコーナー」で見かけた兎を描いたページで、驚いて固まっている水樹の目の前で、触れもせぬままに具現化してきた。

「う、そ……、呪も唱えていないのに、何で……？」

状況がまったくのみ込めないが、兎は丸い尻尾をプルンと震わせて紙の中から出てきた。そうしてぴょんと畳に下りて、長い耳と小さな鼻をヒクヒクさせてこちらを見つめてくる。

愛らしいその姿に、知らず笑みがこぼれる。

「……はは、信じられない。どうして出てきちゃったの？　僕、何もしてないよ？」

言いながら、恐る恐る手を差し伸べて、そっと背中を撫でる。

体温こそなかったが、ふわふわと柔らかい毛の感触は、まるで本物の兎のようだ。どうして急にこんなことになったのだろう。

「あ、待って！　どこに行くのっ？」

不意に兎がくるりと向こうを向いて、障子が開け放たれた縁側の広縁のほうへと駆け出す。雨戸が外してあり、ガラスの引き戸が少しだけ開いていたので、兎はそのまま、庭へと下りていってしまった。

外の世界に出ていって誰かに見つかったら、ちょっと困った事態になる。追いかけなくては。

水樹は慌てて浴衣を整え、兎を追いかけて庭へと下りた。雪駄を履いて駆けていくと、庭の奥の畑の向こう、竹林の入り口に、兎が立ち止まっているのが見えた。

そこはまだ結界の中だが、外の世界は間近だ。

「こっちへおいで！　出ていっちゃ……、あっ、待ってってば！」

兎が竹林へと入り込んでいったので、水樹も追いかける。

竹林はなだらかな山の斜面に沿って二百メートル四方ほど広がっている。その真ん中の辺りに岩があり、それよりも向こうは結界の外だ。兎はまっすぐにそちらに向かって進んでいく。

「待って、そっちは駄目、止まって！」

心の中で念じるようにそう言うと、兎が止まってこちらを振り返った。

水樹の描いた兎だから、一応命令には従うようだ。とりあえず連れ帰ろうと、傍（そば）まで行ってそっと手を伸ばす。

「おいで。少ししたらジンさんとライさんが帰ってくる。見せてあげたいんだ」

そう言って、抱き上げようとしたのだが。

「あ……！」

兎がパッと向きを変え、また走り出したので、慌てて追いかける。

兎はそのまま岩の向こうへと行ってしまった。

そこは結界の外だ。

「どうしよう、出ていっちゃった」

結界からは出るなと言われているし、元々描かれた兎だ。諦めてジンとライが帰ってくるまで待とうか。

そう思い、結界の手前で立ち止まる。

すると少し先の大きな竹の陰から、いきなり男が一人現れた。ギョッとして息をのんだ水樹の数メートル先で、兎を拾い上げて胸に抱く。

どうしてこんな山の中に、人が――？

『ほう、なかなかよく描けている。紅焔は不得手であったが、おまえにはこのような能力があるのだな』

「……っ！」

地を這うような低い声に、ゾッと背筋が凍った。

鋭い目に冷たい表情。青白い肌と、闇よりも深い長い黒髪。

黒い和装をまとい、ゆらりと立つその姿は、一応人の形をしてはいるが、全身から禍々しさが漂っている。

見間違えようもない。それは水樹の家に現れた翠巒の生霊だった。人らしい形になっているということは、それだけ翠巒本体が復活しているということだろう。

もしや、兎を実体化したのも翠巒なのか。

恐怖で固まっていると、生霊が口の端を微かに歪めてまた声を発した。

『そんなところにいないでこちらへ出てこい。私はおまえの敵ではないのだ』

「なっ……？」

『あの式神たちと私とは、何も変わらない。彼らはおまえを欺いているのだ』

「っ、何を、言ってるんですかっ」

彼らというのはジンとライのことだろう。二人が水樹を騙しているなんて、そんなことあるわけがない。

「そちらには、行きません。僕を騙そうとしているのは、あなたのほうでしょうっ？」

翠巒は人を惑わすのが上手いと、ライがそう言っていた。

拳を握ってにらみつけると、生霊が兎をあやすみたいに撫でながら、こちらを流し見た。

『信じる信じないはおまえの勝手だ。だが、彼らがおまえを利用しているのは確かだ。おまえの家族が今どうなっているか、何も知らないのだろう？』

「家、族……？」

思わぬことを言われ、動揺する。

ここへ来てから、ジンとライが水樹の家族の話をしたことはなかった。水樹は思わず訊いた。

「僕の家族が、何なんです？　何かあったんですかっ？」

『こちらへ来たら教えてやろう』

「それは……！」

こんなのは罠だと分かっている。ここから出たらこの魔物に殺される。

でも、家族のことは気にかかる。もしもジンとライが何か隠しているのだとしたら、帰ってきてから訊ねてみても、答えてくれるとは限らないし――。

『おおかた、私を倒せば元の生活に戻ることができるとでも言われたのだろう？』

「ど、どうして、それをっ」

『私でもそう言うだろうと考えたからだ。だが、それは不可能なことだ』

「どうしてですっ」

『簡単なことだ。人間は死んだら甦らない』

「死んだらって……、まさか、僕の家族は死んだんですかっ？」

恐怖に駆られて叫ぶと、生霊は意味ありげに小首を傾げた。

そしてこちらを流し見ながらくるりと身を翻し、兎を抱いたままゆっくりと歩き出す。

ここから立ち去ろうとしているのか。

「待ってっ、待ってください、行かないで！」

遠ざかる背中に動転し、生霊を追って駆け出す。

すると先ほど生霊が立っていた辺りまで来たところで、体にパンッ、と軽い衝撃が走った。

「あっ……！」

結界の外に出てしまったと気づいてハッとした、その刹那。

『愚か者め』

生霊が嘲りの声を発して、兎をひょいと放り投げる。

慌てて結界の中に戻ろうとしたが、生霊の片方の腕が蔓のようににゅっと伸びて、水樹の体をぐるぐる巻き上げてくる。

逆らって逃げようとした肢まで巻き取られて、水樹はそのまま地面に引き倒された。

「やっ、放してっ！　放してくださいっ」

『紅焔の生まれ変わりよ、今こそ、死ね』

水樹を冷たく見下ろして、生霊が水樹を押さえている腕とは反対側の腕を上げる。

その手が鋭い剣の切っ先となり、腕が硬い刃へと変化していく様に、胃が引きつりそうになった。

生霊が表情のない顔のまま、水樹の心臓に狙いを定める。

「いやっ、助けてっ、誰かっ、誰かぁっ……！」

以前のように召喚の力を使おうという頭も回らぬうちに、水樹の胸に剣が振り下ろされる。

瞬間、横合いから先ほどの兎が胸に乗ってきた。兎の丸い背中に、生霊の剣がずぶりと突き刺さる。

「っ……！」

兎がざあっと溶けるように消えた次の瞬間、生霊に胸を刺し貫かれ、ぐっと息が詰まった。

生霊が愉快そうな顔で言う。

『よき使い魔だ。おかげで心の臓を逸れてしまったぞ』

「く、ぅ……」

生霊が実体のない存在だからか、物理的に体を刺された痛みは思いのほか弱かったが、体が内から呪われていくのを感じて、吐きそうになる。

何より、目の前で兎が消え去ってしまったことにひどくショックを受けた。

（……僕を、かばって……！）

あの兎は、もちろん最初はただの描かれた絵にすぎなかった。だが水樹を助けてくれようとしたのだと思うと、たまらず涙がにじんでくる。

それに気づいた生霊が、すっと目を細めた。

『……使い魔の消滅に心を痛めるか。おまえはやはり、紅焔の生まれ変わりであるようだ。実に美しく嘆くのだな？』

そう言って生霊が、水樹の体を跨いて地面に膝をつき、青白い顔をこちらに近づける。

『あれの嘆きも大層美しかった。翼を一枚ずつもいでゆくように、情を注いだ使い魔や眷属を順に屠ってやるたびに、あれはたとえようもなく美しく泣いたものだ』

（そ、な、こと、を……？）

低く淡々とした口調で酷薄なことを告げる生霊に、反発心を覚える。

確か最初に水樹を襲ったときも、水樹が恐怖を覚えているのを美しいなどと言っていた。人の恐れや哀しみを楽しむみたいな態度に、憤りが募る。

「……いた、あそこだ、ジン！」

「貴様、翠巒！　水樹から離れろっ！」

竹林の向こうから、ライとジンの声が響く。

水樹に覆いかぶさったままの翠巒の生霊が、ゆらりと顔をそちらに向ける。

『式神どもか』

「水樹、今助ける！」

「消え失せろ、生霊がっ！」

ジンとライが光の太刀を手に、生霊に向かってくる。

あの光は、最初のときに生霊を退散させた『召喚』の光と同じ性質のものだと、あのあと二人に聞いている。生霊や『下僕』には弱みとなるものだ。

ひとまず助かったと、水樹は安堵しかかったが――――。

『……まったく、小うるさい輩だ』

生霊が小さく言って、水樹の体に蔓のように巻きつけていた片方の腕を上げ、突進してくるジンとライに向ける。

水樹がハッと息をのんだ次の瞬間、生霊の腕が数本に裂け、その先端が銛のように鋭く尖った。

「……ジン、ライ、来ちゃ、駄目っ……！」

胸を刺されて苦しかったが、声を振り絞って叫ぶ。

だがその声は間に合わず、数本に分かれた生霊の腕が矢のように伸び、まっすぐにジンとライへと放たれた。

「う……、ぐっ」

「うぁあっ！」

ジンとライが体を刺し貫かれ、数十メートル飛ばされる。

生霊は無表情でそれを眺めて、二人を串刺しにしたまま竹林の中でぶんぶんと振り回し、太い竹の幹や硬い地面に、二人の体を繰り返し叩きつけた。

ほとんど身構えることも抵抗することもできぬまま、ジンもライも痛めつけられている。

いたぶることを楽しむでもなく、ただ淡々と振るわれる暴力に、水樹は半ば狂乱しながら叫んだ。

「やめてっ、やめてくださいッ、二人を放してっ！」

『悲痛な声音だ。やはりおまえは美しい』

生霊が言って、目を細める。

『おまえはまだ力が弱いが、それは若さゆえなのだな。その青い肉を味わってみるのも、また一興か』

「っ？」

生霊が飽きたようにジンとライを竹林の奥に放り投げ、腕をしゅるしゅると元の人の形に戻す。

そうしていきなり水樹の浴衣の帯をほどき、前を大きく開いてきた。

「なっ？　にをっ……、あっ、くっ、い、嫌っ、触、るなっ」

冷たい手で肌を撫で回され、ゾッと体が震えた。

生霊の手には実体感がなく、生々しい嫌悪感こそ覚えないが、この世ならざる者の禍々しさを強く感じ、ほかの何ものにもたとえようがないほど気持ちが悪い。今すぐ逃れたいのに、胸を刺し貫かれていて身動きが取れず、嘔吐感がこみ上げる。

「い、や、触、らなっ」

『あの式神どもには触れさせているのであろう？　あれと私とは、何も変わらぬぞ？』

「あっ！　や、そこ、はっ……！」

生霊に片肢を大きく開かされ、狭間(はざま)を手でなぞられて、凌辱(りょうじょく)される恐怖に全身の肌が粟立った。

変わらないわけがない。

焦がれるほどに水樹を求め、どこまでも悦びを与えてくれる二人と、目の前のおぞましい魍魎の生霊とが、同じであるわけなどないのだ。

水樹が触れられたいのは、ジンとライだけ。

何故(なぜ)なら水樹は、二人のことを――。

「……水樹から、離れろっ」

「消え去れ、生霊めっ……！」

まるで地の底から響いてきたみたいなジンとライの声に、ハッとして顔を向ける。

傷を負い、血に塗(まみ)れた二人が互いに身を支え合い、それぞれの光の太刀を一つに重ねてこちらへ向かって突進してくる。

二人の体からは、赤黒い煙のようなものが立ち上っている。生霊に攻撃されて、呪いを受けてしまったのだろうか。

『潮時か』

生霊がつぶやいて、ふわりと宙に浮き上がる。

瞬間、光の太刀が生霊と水樹との間を一閃し、水樹を貫いていた剣と体に触れていた腕が切り落とされた。

だが生霊に痛みなどはないらしく、そのままふわふわと空へと消えていく。

『ジンに、ライと言ったか。紅焔から生まれ変わりへと主を替えたようだが、五百年前と変わらず、なかなかに忠実な眷属たちだ』

水樹を守るように覆いかぶさり、太刀を中空へと向けて見据える二人に、生霊が薄い笑みをよこす。

『闇に転じれば、強大な力を持つ魍魎となるだろう。貴様たちも早くこちら側へ来い。歓迎してやるぞ』

せせら笑いながら、生霊が消えていく。

するとライが、苦しげに顔を歪めて吐き捨てた。

「……黙れっ、俺は、堕ちはしない！」

「俺もだよ。どんな姿になっても、必ず貴様を、討つ……！」

「……？」

生霊と二人のやり取りに、微かな違和感を覚える。

闇に転じるとか堕ちるとか、一体何の話をしているのだろう。

「……水樹、水樹！　大丈夫か、しっかりしろ！」

「クソッ、深いなっ。心臓近くを、背中まで……！」

二人の声が、ひどく遠くに聞こえる。翠巒の生霊に貫かれた傷がかなりの重傷であることを感じながら、水樹は意識を失っていた。


誰かが水樹の体に触れ、おお、と嘆くみたいなため息をつく。

「駄目だ、どんどん呪いが広がっている！　一体どうしたら！」

焦りのにじむ、ジンの声。体に触れているのも彼の手だろうか。

「もう一度、太刀の力を試すか。刺された傷に当てれば、少しは……！」

「無駄だ、ジン。こちらの身も危ういくらいだぞ？　これ以上、俺たちにはどうしようもないだろ」

「けど！」

言い合うジンとライの声は苦しげだ。悲痛な声音から、彼らが負った傷が深く、水樹が負わされた傷はもっとひどくて、二人には治せないのだと伝わってくる。

翠巒の生霊の呪いで身の内から腐って、このまま死んでしまうのだろうか。

「調伏師の助けがいる。『里』へ連れていくしかない」

「ライ、でも……」

「あるべき場所へ戻すだけだ。あとは彼らが何とかするだろう」

「だが、それをしたら俺たちはっ……！」

「今水樹を助けなければ、紅焔も終わりなんだぞ！」

ライの剣幕にビクリとする。

『里』、そして「あるべき場所」。

二人の言葉からは、何か水樹にはあずかりしらぬ事情があるように感じられる。

信じたくはないが、二人は何か隠しているように思える。生霊が言ったように水樹を騙しているのだろうか。

でももしもそうならば、そこにはきちんとした理由があるはずだ。二人の口からそれを聞かず、敵の言葉に惑わされていてはいけない。

水樹はそう思い、重い瞼を開いた。

すると目の前に、にらみ合うジンとライの顔が見えた。

「……お二人とも、喧嘩、しないで」

「ああ、水樹、気づいたか！　苦しくないか？」

「今のところ、大丈夫、です」

泣きそうな顔のジンに頷いてみせてから、ライに訊ねる。

「ライさん、あるべき場所へ戻すって、どういう意味ですか？」

「……、聞いていたのか」

ライがチラリとジンを見やる。

ジンがためらうように視線を逸らしたので、水樹は言った。

「僕は、務めを果たしたいんです。僕の知らないことがあるなら、どうか、話してください。でないと、僕は……、あっ、ぅうっ！」

「水樹っ？」

急に息が苦しくなり、胸を手で押さえる。

ぬるりとした感触に、恐る恐る手のひらを見ると、紫がかった粘液状のものがついていた。呪いに体を蝕（むしば）まれているのをまざまざと感じ、体が恐怖に震える。

「あ、あ……」

「ジン、迷っている暇はないぞ！」

「……分かった。水樹を『里』に託そう」

ジンが苦渋のにじむ声で言って、水樹を見つめて言う。

「今から俺たちで、きみを調伏師の『里』へ連れていく。呪いの治療をしてくれるし、調伏師としての力も、きちんと目覚めさせてくれるはずだよ」

「ジンさん……」

「心配するな。何も不安になる必要はない。待っていろ」

ライが言って、ジンと共に慌ただしく出立の支度をし始める。水樹はまた目を閉じて、二人が戻ってくるのを黙って待っていた。

その日の夕刻。

「開門！　開門せよ！」

水樹は体を保護するため毛布にくるまれ、ジンとライに抱きかかえられて、とある山深くに連れてこられた。

木々に囲まれた場所には何もなかったが、ジンが小さく言葉を唱えると、いきなり目の前に固く閉ざされた木の門扉と高い塀とが出現し、物見やぐらに人影が現れた。

ジンと二言三言言葉を交わすと、『里』の中がにわかに騒然となったのが伝わってきた。

（本当に、大丈夫なのかな？）

ここへ来る途中も今も、ジンとライは硬い表情だ。先ほどの二人の会話の意味も、着いてから話すと言って教えてくれなかったので、これから何が起こるのか心配でたまらない。でも、呪いを祓(はら)ってもらわなければ水樹は死んでしまう。そうなっては翠巒を倒すという目的を遂げることはできないのだ。

ギギィ、と重い音を立てて門が開くのを、ライの腕に抱かれたまま待っていると、やがて低く鋭い声が告げた。

「そのまま中へ！　おかしな真似をすれば、どうなるか分かっているなっ！」

「っ？」

まるで犯罪者に警告でもするような言葉に、ドキリとする。

ジンが小声で言う。

「やれやれ、まるっきりお尋ね者扱いだな」

「事実その通りだろ。行くぞ」

（お尋ね、者……？）

ライが肯定したので、不安な気持ちが一気に膨れ上がる。一体どういうことなのだろう。

ジン、ライと共に『里』の中へと入っていくと、灯籠が並ぶ参道のような道が続いていた。その左右には、白装束の男たちが並んでいる。

よく見てみると、彼らはみな式神のようだ。こちらを見据えるその目には強い警戒心が宿り、今すぐにでも攻撃されそうで恐ろしい。

「そこでよい。止まれ！」

また鋭く命じられ、ライが歩みを止める。

その視線の先を追うと、そこには体格のいい生真面目そうな男と、高齢の男が佇んでいた。

高齢の男は見るからに位の高そうな装束を身に着けている。恐らくはこの『里』の長老の調伏師だろう。生真面目そうな男は、その式神のようだ。

高齢の男が、しげしげとジンとライを眺める。

「ふむ、なるほど、禁忌の術か。南の『里』の紫炎殿からの急ぎの書状を見たときには、まさかと思ったが、紅焔の眷属だった者が、本当に人の身に繋がれ、五百年もの間生き続けていたとはな」

感慨深げに高齢の男が言うと、彼の式神がジンとライをにらみ、鋭く告げた。

「迅雷。ここへ来たからには相応の覚悟があるのだろうなっ？」

「もちろんです。どうか彼を……、水樹を頼みます」

ジンが言って、ライに頷くと、ライが水樹を差し出すように捧げ持った。

水樹の体が軽くなり、ふわりと宙に浮く。

「ラ、ライさん？」

「彼らの元へ行け、水樹」

「でも！」

いきなり手放され、見捨てられたみたいな気分になるが、水樹の体はそのまま男たちのほうへと浮遊していき、式神の男が差し出した腕の中にふわりと下りた。

「ご確認を」

　男が言って、高齢の男のほうに水樹の顔を向ける。高齢の男が水樹を見つめ、慈愛に満ちた笑みを見せる。

「美しいまなざしをしているな。やはりそなたは紅焔の生まれ変わり……、大した強運の持ち主のようじゃな」

「強、運？」

「生まれ落ちたときから『里』の外にあっても、邪悪にのまれることなく生き延びてきた。そなたをひたむきに守ってきたことについては、彼らに感謝せねばなるまい」

　高齢の男が言うと、式神の男が憤慨しきった様子で反論した。

「情けをかけることはありませぬぞ！　彼奴らは主の死肉に繋ぎ止められた忌まわしき存在。もはや、式神では……！」

「落ち着け、白柳。彼らに肉体を与えたのは紅焔だ。あのような身となってこの世に存在することを、責めることはできぬ」

「しかし、白楽様！」

「それにおまえの言う通り、『もはや式神ではない』。それは彼らが一番よく分かっている。そうであろう、迅雷？」

　白楽と呼ばれた高齢の男が言って、ジンとライに視線を向ける。

　すると左右に立ち並んでいた式神たちが一斉に光の太刀を手にして、ジンとライをぐるりと取り囲んだ。白柳と呼ばれた男が、水樹を守るように抱きかかえ直す。

「ま、待って……、二人に何を、するんですっ……」

殺気立った式神たちに取り囲まれたジンとライが心配になり、弱々しく訊ねると、白楽が中空に指で何か文字を描いた。そうして静かに呪を唱える。

「真の姿を現せ」

「……っ？」

白楽の言葉が響いた瞬間、ジンとライの体がビクンと跳ね、唸り始めた。

「うう、ぐっ」

「うあっ」

「ジンさんっ、ライさんっ？」

何が起こったのだろうと目を見開くと、苦しげに身を歪めた二人の体から赤黒い煙がブスブスと立ち上り始めた。

あれは、呪いの証だ。

「やはり身の内から爛れていたか。おぞましいことよ」

白柳が忌々しげに独りごちる。

震えながらジンとライを見ていると、彼らの姿が徐々に変化していくのが分かった。

銀の髪に逞しい体躯をした、凜々しく美しい武者。

見慣れた二人の姿が、赤黒い煙の中で燻されるみたいに黒ずんでいく。

銀の髪は黒くもつれ、白装束は朽ち果て、やがてその皮膚が、黒いタールを塗り固めたような禍々しいものへと変わる。

そして現れたのは、身が爛れた異形の姿だ。

「……う、そ……、どうしてっ……」

真の姿を現せと、白楽はそう言った。

だが目の前にいるジンとライは、どう見ても魍魎そのもの。

予想もしなかった事態に、頭が混乱してめまいがしてくる。

まさか二人は魍魎だったのか。翠巒の生霊が言った言葉は、本当だったのか。

今まで見ていた二人の姿は、すべて偽りだったのだろうか。

『グウゥ！』

『ウオオッ』

「っ？」

苦しげに唸り声を上げていたジンとライが、大きく腕を上げて威嚇するみたいに咆哮したので、水樹はビクリと震えた。

その顔は朽ち、もはや表情すらも分からない。白楽が冷静な声で式神たちに命じる。

「取り押さえよ」

「はっ」

「ジンさん、ライさん！」

取り囲んだ式神たちに光の太刀で身を押さえられて、二人がその場に崩れ落ちた。太刀が触れた部分からは、ジュッと赤黒い煙が上がっている。

やはり、二人は――――。

「もうこんなにも、魍魎へと変わりつつあったか。偉大な調伏師、紅焔の眷属であった式神といえども、禁忌の穢れからは逃れられぬか」

白楽が言って、白柳に命じる。

「水樹を本殿の中へ。すぐに穢れを祓い、能力の解放を行う。中の者たちに、丁重に迎えるよう伝えよ」

「は！」

「ま、待って……、ジンと、ライは、どうなるんです……？」

弱々しい声で訊くと、白楽が少し考えてから言った。

「ひとまずは、牢に繋いでおくほかはあるまい。穢れをまき散らさぬよう、封印を厳重にな」

「そんな、牢だなんてっ！」

「水樹様、あまり興奮されるとお体に響きます。参りましょう」

「ぃ、や、待って、二人と話させてっ、どうか二人と……！」

　水樹を抱きかかえたまま歩き出した白柳に、必死に嘆願するけれど、聞き入れてはもらえない。水樹はなすすべもなく、ジンとライから引き離されてしまった。


『里』の中心に建つ、本殿と呼ばれる大きな建物に運び入れられ、広間のような部屋の真ん中に寝かされた水樹は、ほどなく気を失った。

　呪いの治療を施すため、何か薬草を燻した煙を嗅がされ、眠りに落ちたのだ。

（紅焔さんと、話さなきゃ）

　いつも、夢に彼が現れるのをただ待っているだけだったが、今はこちらから話すべきときだ。

　そう思い、夢の中で紅焔を探す。

　だがどこまでも続く荒れ野に、彼の姿は見えない。

「紅焔さん、出てきてください！　ジンさんとライさんが大変なことになって、あなたの助けがいるんです！」

　呼びかけながらも、一抹の不安を覚える。

紅焔は偉大な調伏師だと、先ほど白楽も言っていた。

眷属であったジンとライを信頼し、五百年後の再起を約束して彼らをこの世界に繫ぎ止めた紅焔が、今のこの状況を予想していなかったとは到底思えない。

禁忌の穢れとやらについても、恐らく彼ら三人の間では分かっていたことなのではないかと、そんな疑念も湧いてくる。

翠巒の生霊も言っていたが、もしや自分は、何かいいように利用されていたのでは――

――。

「私を呼びましたか、水樹」

「……！　紅焔さん……！」

目の前に紅焔が現れ、こちらをまっすぐに見つめてきたので、彼の傍に駆け寄った。

美しく繊細な、紅焔の姿。

でも今はどこか儚げだ。ずっと夢に見てきた彼の幻影のように、おぼろな輪郭をしている。薄く微笑んで、紅焔が言う。

「呼びかけてもらってよかった。私のほうからあなたに会いに来るのが、少々難しい状況になってしまったので」

「え、どうしてです？」

「今長老たちが、あなたの身を浄化して邪気を祓い、力を完全に目覚めさせようとしている。そうなったら私は、今度こそ永遠の眠りにつくことになります。こうしてあなたとお話しすることはできなくなるでしょう」

「そんなっ……」

その前に事の真相を教えてもらいたい。水樹は紅焔を見据えて訊いた。

「紅焔さん、ジンさんとライさんが、魍魎になってしまいました。それは禁忌の術を使ったからですか？　こうなること、あなたは知っていたんですか？」

「予見しうる未来の中でもっとも過酷な事態として、想定してはいました。ジンとライもね。ですが、それは不確定な未来。私たちの誰にも、正確な予想はできませんでした」

紅焔が静かに言って、水樹に訊いてくる。

「前に言いましたね、魍魎とは、人の想いの強さが闇に転じて生まれ出でる魔物だと？」

「はい」

「魍魎とは多くの場合、人が強い想いを持ったまま死に、その想いが亡骸（なきがら）に留まって、闇に落ちて生まれた者。調伏師は、その想いそのものを呪で破る力を持つ者です」

よどみなく紅焔が言い、物憂げな目をして続ける。

「ジンとライは元々は式神ですが、私の血肉、すなわち亡骸の一部に繋ぎ止められることで現世に留まっている、いびつな存在なのですよ。そしてそれを繋ぐのは、私と彼らの強い想い……。つまり彼らは、限りなく魍魎と近い存在なのです」

「もしかして、だから禁忌の術って言われてるんですか？」

「ええ。そういうことです」

翠巒の生霊が言ったことの意味が、ようやくのみ込めた。

そして二人が、自分たちは闇に落ちないと決意を込めた言い方をしていたのも。

「闇の引力は強いものです。それでも五百年間、私との約束を守るため生きてくれた。二人の忠誠心には、感服するほかありません」

「忠誠心……」

確かに、それは想像していたよりもずっと強いのかもしれない。

でも、ここまで来るとそれだけではないような気もする。

紅焔は自分の力不足と言ったが、ジンとライは五百年前、魍魎を封印するにとどまったことに強い責任を感じているように見えた。

はっきりとは教えてくれなかったあのときのことを、きちんと知りたい。

水樹はためらいながらも訊いた。

「五百年前のことを教えてください、紅焔さん。翠巒と戦ったとき、本当は何があったんです？　どうしてジンとライは、ずっと後悔し続けているのです？」

「ずっと、後悔を？」

「そうですよ。この五百年間ずっとです。ジンさんはそう言っていました」

水樹の言葉に、紅焔が哀しげに目を伏せる。

「私のせいです。私が主と眷属という互いの関係をきちんとわきまえず、彼らに甘えてしまった。だから彼らも、私に情を移しすぎた」

「情を……？」

「非情になるべきだったのです。彼らも、私も。魍魎を調伏するという目的のためには、互いの命を捧げ合う覚悟が必要だった。なのにそうすることができなかった」

そう言って紅焔がこちらを見つめる。

「最初はジンが、ためらいを見せたのです。命を賭した戦いの中、翠巒と刺し違えるため、ジンに預けていた最強の札をこちらへよこせと命じた私に、従うことができないと、自分の気持ちを殺せない、と……。でもそれは、同じ感情を持ちながらも私の意思を尊重してこらえていたライにとっては、許しがたいことだった。その気持ちの乱れを翠巒は利用し、もてあそんで突いてきた。それが、奴を倒せなかった原因です」

哀しげな紅焔の瞳に、ハッと気づかされる。

ジンが「殺せない」と言った自分の気持ちとは、もしや。

「それは、もしかして……、あなたを好きになってしまったということですか、ジンと、ライが？」

「人の情で言えば、そういう感情でしょうね」

紅焔の答えに、チクリと胸が痛む。

五百年前のことを訊ねたとき、ジンとライがどこか歯切れの悪い言い方をしたのは、そのせいだったのだ。ライが今ならはっきりと分かると言ったのは、そのことだったのだと、ようやく気づかされる。

霊体であった二人は、紅焔のことを想っていた。それが主への忠誠心を超えた特別な感情、つまりは恋情や愛情であると、自覚することがないままに。

（でも、今はもう、気づいているんだよね？）

水樹といることで、人としての感情を初めて実感していると、二人はそう言っていた。

無自覚だった感情の正体を、ジンとライはもう知っているのだ。

「だから二人は、僕を必要としたんだ……」

独りごちてみて、また心が揺れる。

最初はこちらも、元の生活を取り戻したい一心で彼らの宿願を共に果たすことを受け入れた。彼らが使命を果たしたいのは当然だと思い、そのために力を尽くしたいと考えるようにもなった。

けれど二人が自分を助け、身を投げ出してでも守ってくれるのが、紅焔を恋しく思っているからなのだと思うと、何とも切ない気持ちになる。

そしてその理由を、今更ながらはっきりと自覚する。

ジンとライに、自分は惹かれている。

だからこんなにも胸が痛い。

これは紅焔への、幼稚な嫉妬心なのだと――。

「……もう、こうしているのは、限界のようです」

「えっ……？」

「あなたの中に眠っている調伏師としての力が、すべて目覚めます。代わりに私は、もう眠らなくてはなりません。永遠にね」

「紅焔さん……」

目の前の紅焔の姿が薄くなり、輪郭がチカチカと明滅し始める。

水樹はかぶりを振って叫んだ。

「待って！　行かないでください！　僕はもっと、あなたと話したいのに！」

「私もですよ。でも、これがさだめなのでしょう」

紅焔が言って、笑みを見せて告げる。

「あなたなら大丈夫。どうか忘れないで。最後にあなたを助けるのは、あなた自身の力だということを」

「紅焔さん、待って！」

消えていく紅焔に呼びかけてみたが、彼をそこに留めることはできなかった。紅焔が完全に消えてしまったことを、水樹はまざまざと感じていた。


「おお、目覚めたようだ」

間近で声がしたので、ゆっくりと視線を動かす。

布団に横たわっている水樹のすぐ脇に、白楽の顔が見え、その隣には白柳が控えている。

どうやら夢から覚めたようだ。

起き上がってみると体が軽く、充実した気力が満ちているのを感じた。まとっている着物の胸元を覗いてみると、胸の傷は綺麗になくなっていて、体内に不快感などもない。

白楽が穏やかに訊いてくる。

「気分はどうかな、水樹」

「……悪くは、ありません。というより、今までになく力を感じます」

「そなたの中に眠っていた調伏師としての能力を、すべて解き放った。これが読めるかな？」

白楽が言って、中空に指で文字を描く。

お経のような漢文のような、漢字だけで書かれた文章の一節。

見たことも聞いたこともない文字列のはずだが、水樹にはその意味が分かった。

調伏師はその力を森羅万象の理に従って使うべきで、我欲に走れば破滅を招く。そういった意味の戒めの文言だ。

「読めます。『里』を超えて調伏師の世界に伝わる、経典の一節ですね？」

水樹の答えに、白楽が笑みを見せる。

「記憶と力が目覚めているようだ。『里』はそなたを歓迎するぞ」

白楽が言うと、部屋に白装束の男たちが数名、式神に介助されながら入ってきた。恐らく『里』の重鎮たちなのだろう。調伏師なのだろうが、全員かなりの高齢だ。

白楽が察したように頷く。

「見ての通りこの『里』、否、調伏師という能力者の存在そのものに、終わりのときが近づいている。この時代に若い調伏師を迎えられたのは僥倖、いや、奇跡としか言いようがない」

そう言って白楽が、水樹に懇願するように続ける。

「この里の年老いた調伏師は、皆そなたに従う。式神もすべて眷属にして、手足のように使役してくれていい。だからどうか、翠巒を完全に調伏してくれ」

「わしらからもお頼み申す。どうか助けてくだされ！」

「偉大なる紅焔殿の生まれ変わりであるあなたにしか、できないことです！」

「どうか、どうか……！」

「み、皆さん、落ち着いて。お顔を上げてください……！」

男たちに頭を下げられ、恐縮してしまう。

まさかそんなにも頼られるとは思わなかった。

「能力に目覚めたといっても、僕は未熟者です。皆さんのご期待に応えられるか……」

「ご心配なく、水樹様。われら式神も全力でお助けいたします」

「白柳さん……」

「水樹様を主とし、討伐隊を組めば、必ずや成し遂げられます。ですからどうか、あなた様のお力で翠巒をっ……！」

必死の嘆願は、状況が切迫している証拠だろう。水樹自身そのつもりでいたので、自分にできることは何でもしたいとは思う。

でも――――。

（ジンとライも一緒じゃなきゃ、意味がないんだ）

翠巒を調伏するのは誰よりも彼らの悲願だ。水樹はぐるりと男たちを見回してから、白楽に訊ねた。

「翠巒討伐に、ジンとライは連れていけるんですか？」

水樹の言葉に、部屋の空気が緊迫する。白楽が静かに言う。

「あれはもう式神ではない。翠巒討伐の戦列には加えられない」

「でも、彼らはずっと僕を守り、支えてくれました。決して闇には堕ちないと、強い決意を示してくれて……」

「彼らの意志の強さは尊敬に値する。だが、もう元には戻れぬだろう」

白楽の言葉に、白柳が頷いて言葉を繋げる。

「あそこまで身が朽ちてしまったら、いつ完全に魍魎となってしまうか分かりません。すぐにでも調伏したほうがいいでしょう」

「そんな……！」

恐らくそう言われるだろうと、何となく覚悟してはいたが、あまりにも当然のように調伏と言われると、現実を受け止められない。

たとえ魍魎になりかけていても、そのことを水樹に黙って、ある意味利用しようとしていたのだとしても、ジンとライは自分にとっては誰よりも大事な二人だ。引き離されたまま別れわかれになるなんて、哀しすぎる。

水樹はぐっと拳を握り、白楽に告げた。

「二人と、話をさせてください」

「しかし……」

「そうでなければ、翠巒討伐に協力することはできません」

「水樹様、それはっ……」

白柳が非難めいた声音で何か言いかけるが、水樹はきっぱりと言った。

「僕は調伏師紅焔の力を受け継いでいるんです。そして二人は、今は僕の眷属だ。だったら二人の運命も、僕のものであるはずです！」

ここで引くわけにはいかない。

決意を込めた水樹の言葉に、皆が黙り込む。

白楽が諦めたようにため息をついて頷くまで、水樹は瞬き一つせずに彼を見据えていた。


「こちらです」

白柳に案内されて、水樹は『里』の奥まった場所にある小屋へと連れてこられた。

中に入ると地下への階段があり、その手前には結界が張られている。

白楽、白柳に続いて結界を通り抜け、水樹も階段を下りていく。

階段には微かに腐臭が漂っている。

『里』は門を入ってすぐの参道の先に広場、その奥に本殿があるほかは、山肌に添って木造の家が点在しているだけの、ごく小さな集落だった。

調伏師の数は長老の立場の白楽を含めわずかに七名ほど、彼らに仕える人間の弟子も高齢化が進み、式神の数もそれほど多くはない。

それでも、翠巒が封印されている山の洞窟にもっとも近く、調伏師の数も多いほうだと言うから、彼らの水樹に寄せる期待が大きいのも頷ける。不安な要素は極力取り除いて決戦に挑みたいと考えるのも、分からなくはなかった。

（でも僕は、ジンとライと一緒に戦いたい）

そのために二人の想いを知りたいし、気持ちを確かめたい。

水樹に本当の事情を話さなかった理由だけでも、きちんと二人の口から聞かせてほしい。

水樹はそう思いながら、湿った地階へと足を踏み入れた。

地下牢には鉄柵がついていて、そこにも結界が張られている。牢の中は薄暗く、二人の姿は闇にまぎれて見えない。

だが目を凝らしてよく見てみると、鎖に巻かれた黒い影がうずくまっているのが、うっすらと見えた。

「……ジンさん……、ライさん……？」

声をかけると、闇の中で二人の赤と青の目がキラリと光った。こちらの姿をみとめたのか、ふう、と息を吐く音が聞こえる。

「やあ、水樹。傷はすっかり癒えたようだね」

「間に合ってよかった。呪いも祓われたんだな？」

弱々しくはあったが、聞き慣れた二人の声。

それはまぎれもなく、水樹が知っているジンとライの声だ。姿は変わり果ててしまっても、その魂までは変わらないのだ。

水樹は安堵しながら鉄柵に駆け寄り、顔を近づけて中を覗き込んだ。

白柳がたしなめるように言う。

「水樹様、あまり近づいては……」

「大丈夫です。二人は、まだちゃんと僕の知っている二人ですから」

水樹は言って、二人と視線を合わせようと、鉄柵を握ったまま屈み込んだ。

「教えてください、ジンさん、ライさん。どうして、僕に本当のことを言ってくれなかったんですか？」

努めて穏やかな声で訊ねると、沈黙が落ちた。

辛抱強く答えを待っていると、やがてジンがぽつぽつと言った。

「この姿を曝せば、きみを恐れさせてしまう。そうなったら紅焔の望みを叶えることができなくなる。そう、思ったからかな」

「つまり……、紅焔さんのため？　でも、それならどうして僕を『里』から遠ざけていたんです？」

「紅焔の、名誉を守るためだ」

ライが言って、苦しげに続ける。

「紅焔は禁忌を犯した。だがそれは、互いの親愛ゆえの行為だった。できるなら、俺たちだけで翠巒を倒したかったんだ」

「……親愛などと！　眷属の分際で、何を世迷言を言うか！」

白柳が信じがたいといった様子で吐き捨てる。

「恥ずべき思い上がりだ！　そのような感情を、主に向けるなど……！」

「何と言われてもかまわないよ。誰に否定されようと、それは確かにそこにあった」

「互いに求め合い、応え合った。ただ、それだけのことだ」

静かだが揺るがぬ声音に、白柳が唖然とした顔で言葉をのみ込む。

水樹も白柳とは違った意味で、それ以上言葉をかけられず黙り込んだ。

（やっぱり、そうなんだ）

すべては、紅焔のため。

ジンとライにとって、何もかもがそれに尽きるのだ。紅焔のためならば汚らわしい存在と呼ばれることも厭わず、魍魎と化そうともその悲願を遂げようとする。

何故そこまで、と問うことはもはや愚問だろう。

ジンとライは、主である紅焔を誰よりも愛している。だから自分たちの身を穢れにまみれさせてでも、その想いを貫こうとしているのだ。

改めてそう告げられて、二人の心意気に心から尊敬の念を抱く。

そして同時に気づかされる。

水樹の二人への淡い感情は、行き場を失ったのだと。

（僕は二人のことが、好きなんだ。でも、二人は……）

始まるまでもなく訪れた、あまりにも呆気ない恋の終わり。

とても切なくて、哀しくて、涙が出そうになる。

でもこの気持ちは、口に出して言わなければ存在しない。伝えなければ、二人には分からない。

だからそっと胸にしまっておこう。最初に決めた通り、自分は翠巒を倒して二人を解放するという、紅焔の願いを叶えることだけを考えよう――。

まなじりが潤みそうになりながらも、水樹はそう決め、スッと立ち上がった。

そうしてゆっくりと白楽に向き直り、頭を下げて言った。

「二人と話をさせてくださり、ありがとうございました。おかげで、決心がつきました」

「……おお、では……？」

「翠巒討伐に、協力させていただきたく思います」

水樹は言って、語気を強めて続けた。

「ただし、ジンとライを連れていくことが条件です」

「何ですとっ？」

白柳が困惑した顔で叫んで、白楽と顔を見合わせる。

「彼らは魍魎になりかけているのですぞっ？　もしも翠巒に取り込まれでもしたら……！」

「大丈夫です。彼らは僕の眷属ですから、僕が二人を守ります。守ってみせます」

水樹はきっぱりと言って、牢の暗がりのほうに視線を向けた。

「そして翠巒を倒したら……、僕のこの手で二人を調伏します。ほかの誰でもない、この僕が」

「水樹、様……」

強い決意のこもった水樹の言葉に、白柳もついに言葉を失う。

牢の中から、ジンとライが言う。

「ありがとう、我が主」

「すべてをかけて、最後まであなたに従おう」

主と眷属。その揺るがぬ関係性を、改めて知らしめ合うような厳かな響きに、また泣きそうになる。水樹はぐっと口唇を噛み締めて、涙をこらえていた。

「ふう、何とか形になってきたかな」

本殿の広間に並べられた絵を眺め、水樹は独りごちた。

虎、大鷲、犬。それから鷹――。

『里』の調伏師たちから魍魎が苦手とする動物を聞き取って、水樹はここ数日、何枚も和紙に描いて丁寧に色を塗っていた。

今まで大学の課題の制作でも、こんなに一度にたくさん描いたことはなかった。

でも今はどんなに描いても疲れない。紅焔が言っていたように、やはりこれが水樹自身の調伏師としての能力なのだろう。

「とても美しい絵だ」

「白楽様！　あ、すみません！　広間を占領してしまって……！」

いつの間にか広間に来ていた白楽に慌てて詫びると、白楽が笑みを見せて言った。

「気にすることはない。皆密かに楽しみにしているのだ。次は何が描かれるのだろうとな」

「そうなんですか？　でも、これだけじゃどうにも……」

「札のほうは案ずるな。こちらで用意した。誰しも得手不得手はあるものだ」

「あっ……、す、すみません」

ジンと同じことを言われ、恐縮する。

水樹の書があまりにも下手なので、『里』の調伏師たちに代わりに書いてもらったほうがいいのではないだろうかと思っていたが、どうやらそうしてもらえたようだ。心配の種が一つ減って安堵する。

　数日後の、新月の晩。

　間近に迫る翠巒討伐の日に向けて、今、『里』全体が準備を進めているところだ。

「白楽様。僕は少し、怖いです」

「怖い？」

「五百年前、紅焔さんもこんなふうに過ごしていたんでしょうか。皆さんに支えられて、助けられていると感じていても、必ず勝てるか不安だったり、したのでしょうか」

　命の危険を伴う大きな戦いの前だけに、水樹は強い不安を感じている。

　紅焔が翠巒を調伏できず、封印するにとどまったことを知っているから、自分もそうなるのではないかという不安があるのかもしれない。

　そうなった理由をもう知っているから、恐らくはただ、迷わなければいいだけなのだとは思うのだけれど。

「伝承によれば、調伏師紅焔は、眷属や使い魔を誰よりも大切にし、対等に扱っていたという話だ」

　白楽が言って、水樹を見つめる。

「そなたの迅雷への信愛が、紅焔に劣るとは思えぬ。そなたはそなたの信じる戦いをすればよいと、私は思っている」

「白楽様……」

それはとても心強い言葉だが、その信頼に応えられるだろうか。

自分が未熟なせいで誰かが傷つくのは、それはやはりつらいことで――。

「ああ、こちらでしたか、水樹様！」

広間に白柳が入ってきて、水樹を見つけて声をかけてくる。

何事かと振り返った水樹に、白柳が告げる。

「迅雷が目を覚ましました」

「ジンさんとライさんがっ？」

「はい。どうぞ、離れのほうへ……」

言葉を最後まで聞かず、水樹は夢中で駆け出した。


ジンとライの体には、あのあとできる限りの浄化を施し、主である水樹の血液を含ませることで霊力を高め、以前の姿を維持できるよう手を尽くした。

それから三日、本殿の奥にある離れに隔離されて寝かされていたが、ようやく目覚めたのだ。

本殿を駆け抜けて結界の張られた離れに飛び込み、廊下を走っていって襖を開ける。

「ジンさん、ライさん！」

「水樹……」

「早いな。もう来たのか」

並べた布団の上に起き上がり、目を丸くしてこちらを見ているジンとライは、水樹が見慣れたいつもの二人だ。水樹は二人の足元にへなへなと座り込み、泣きそうな声で言った。

「ああ、よかった……。二人とも、ちゃんと元の姿に戻ったんですね？」

「完全にそうとは、言えないかな。見て」

「……！」

ジンがまとっている着物の襟を開いて胸元を見せたので、水樹はハッと息をのんだ。

そこには赤紫色の大きな痣のようなものがあって、心拍のたび微かに震えている。

魍魎と化しつつある体だということが、それを見ただけでも分かる。

「俺の腹にも同じようなのがある。俺たちがこの姿を保っていられる時間は、あまり長くないだろう」

「そう、ですか……」

分かっていたこととはいえ、ライの言葉に頭を殴られたような気分になる。残された時間は短いのだと、否応なしに実感させられる。

「だが、問題はない。翠巒討伐の日までは余裕で保つ」

「そうだね。まあ水樹がキスの一つでもしてくれれば、それだけでだいぶ寿命が延びそうだけど」

ジンが軽口を言って微笑む。水樹は涙をこらえながら笑みを返した。

「キスくらい、いくらでもしてあげますよ」

「本当かい？　魍魎になりかかってる俺たちなのに、気持ち悪くないの？」

「そんなわけ、ないじゃないですか」

「そうか？　傍にいて恐ろしいとは思わないか？」

「思いません。お二人が何も変わっていないってことくらい、ちゃんと分かっていますから」

キスどころか、本当は今すぐにでも抱き合いたいくらいだ。

互いの霊力を高め合うためではなく、ただ交わりたい。愛しい二人と触れ合いたくて、水樹の体は啼きそうになっている。

（でも、たぶんもう、それはしないほうがいい）

抱き合って悦びに溺れれば、二人への情を断ち切りがたくなるだろう。二人の霊体と触れ合ったら、心にしまった気持ちを告げてしまいたくもなるかもしれない。

だがそんなふうに不用意に心を揺らして、翠巒につけ入られるようなことにでもなれば、取り返しがつかない。それだけは絶対に避けなければならない。

　これ以上艶っぽい雰囲気になるのを避けようと、水樹は話題を転じた。

「討伐の準備、だいぶ進んでいます。札も、『里』の調伏師の皆さんに書いてもらえることになりました」

「へえ、それはよかったね！　凄く頑張ってたのは認めるけど、水樹の書は、やっぱりまだ未熟だからね」

「札の種類は？　きみに使いこなせるものだろうな？」

「はい。紅焔さんが使っていたものなら全部使えるので、大丈夫です。あのとき使えなかった札も、持っていきます」

「……あのとき？」

「それって、もしかして……」

　ジンとライがハッとした表情を見せる。水樹は二人の顔を順に見て言った。

「五百年前のこと、ちゃんと聞きました。紅焔さんから」

　水樹の言葉に、ジンとライが微かに切なげな目をする。

　二人が紅焔に抱いていた感情や、彼を失った哀しさ、寂しさを、思い出しているのだろうか。

　彼らが今でも紅焔を想っていることに、こちらも切ない気持ちになる。

その気持ちを振り払って、水樹は訊いた。

「もっと非情になっていいって、ライさん言ってましたね？　ジンさんは、同じ轍は踏まないと」

「ああ」

「言ったね」

二人が答えて、水樹を見つめ返す。水樹は決意を込めて、二人に告げた。

「僕は、あなたたちの主です。翠巒を倒すという使命のために、あなたたちのすべてをください」

そう言ったら、不覚にも涙が浮かんできた。

もはやそんな形でしか、二人に想いを告げられないという現実。

そしてそうやって二人のすべてを手に入れられたとしても、使命を果たしたら二人を調伏しなければならないのだという未来。

誰よりも愛しい二人なのに。

初めての、恋なのに。

「分かっている、水樹。大丈夫だよ」

「俺たちはもう覚悟ができている。きみは何も気にしなくていい」

水樹が涙する理由を、二人は本当には分かっていない。

けれど、それを告げることもできない切なさに、ただはらはらと涙が溢れて――。

「ああ、泣かないで、水樹。きみは笑っているほうがいいよ」

「ジンさんっ……」

「ほら、元気出して。そんなに泣いたら、可愛い顔が……」

「……シッ。二人とも、ちょっと黙ってくれ」

「え？」

ライが不意に険しい顔をして言ったので、ジンが不審げに口をつぐむ。

動物園で見たのと同じ、何かを感じ取った顔つきだ。ジンも耳をすませて、同じように眉を顰めた。

「……おいライ。これって、もしかして……？」

「ああ。えらい数だぞ、これは！」

「っ？　どうしたんです？　一体、何が……？」

二人の言葉に不安を覚え、涙を拭いて訊ねると、外から何やら叫びや怒号が聞こえてきた。

ジンとライが無言で布団から出て、ぐっと気を入れていつもの白装束姿になる。

「傍を離れずついてきて、水樹」

「は、はい」

二人に挟まれるように部屋を出て、そのまま本殿へと向かう。

胸騒ぎを覚えながら、中へと入っていくと。

「お師様のたちの札が足りない！　早く持ってきてくれ！」

「手の空いている者は表へ！　参道を突破されそうだ！」

調伏師たちに仕える弟子や側仕え(そばづか)の者たちが、せわしく廊下を行き来しながら尋常でない様子で叫び、その脇を式神たちが飛び回っている。

どうやら外で何かが起こっているらしい。ジンとライに守られながら、先ほど白楽と話していた広間まで行くと、そこには白楽を含む三人の調伏師と、白柳ほか数人の式神がいた。

調伏師たちはみな苦しげな表情で床に横たわっていて、式神たちはそれぞれの主の傍で彼らを介抱しているようだ。

白柳が水樹に気づいて顔を上げる。

「おお、水樹様！」

「白柳さん……、何が起こってるんですっ？　皆さん、怪我をっ？」

倒れている調伏師たちに駆け寄ると、皆血に塗れていた。息をのんだ水樹に、白楽がかすれた声で言う。

「ぬかったわ……。翠巒の下僕どもにやられて、このざまだ」

「下僕？　『里』へ来たんですかっ？」

「……数百……、いや、数千はいるだろう。『里』をぐるりと取り囲んでいる」

　ライが言うと、白柳が頷いて水樹に告げた。

「白楽様ほか、調伏師三人がかりで門の外で迎え撃ったのですが、あまりの数に太刀打ちできず……」

「今、残る四人の調伏師が参道を守っておる。だが突破されるのは時間の問題だ。よもやこのような事態になるとは」

「そんな……、どうして『里』が襲われるんですっ？」

　予想外の事態におののいていると、ジンが眉根を寄せて言った。

「殺しにきたんじゃないかな、水樹を」

「僕をっ？」

「そうだな。生霊が水樹に負わせた傷は、俺たちには治せないくらい深いものだった。あのまま呪いに蝕まれて死ぬか、そうでなければ俺たちが水樹をどこかの『里』へ運び込むだろうと、翠巒はそう読んでいたのかもしれん」

「ライさん……、じゃあ、僕がここにいるから？　僕のせいで、『里』がっ……？」

　この惨状の原因は自分だと、震えながら気づいたその瞬間、本殿の外から悲壮な叫び声が上がった。

『広場になだれ込まれるぞ！　本殿を死守せよーっ！』

雄叫びと悲鳴と、地鳴りのような足音。

このままでは本殿も囲まれてしまう。水樹は白楽に嘆願した。

「札を貸してください白楽様！　僕も戦います！」

「そなたが？」

「『里』を守らなきゃ！」

「……それには及ばぬよ。ここはもう落ちる」

死んだように倒れていた調伏師の一人が、か細い声で言う。

「それよりも、今こそ翠巒を調伏する好機じゃ」

「私もそう思うぞ、水樹。これだけの下僕を一度に動かすのは、翠巒と言えども簡単なことではない。本体の守りは手薄なはずだ」

白楽が言って、白柳の手を借りて体を起こす。

「そなたのための札と絵札は用意してある。迅雷、それに我らの式神も連れて、今すぐ翠巒が封印されている洞窟へ行け」

「白楽様、でもっ……！」

「我らが道を開こう。下僕どもを欺いてそなたたちを外へ送り、注意を引きつけて今しばらく時間を稼ぐくらいのことは、老いぼれ調伏師の身でもできる。水樹を連れていってくれるな、迅雷？」

「もちろんです」

「必ず、連れていきます」

ジンとライが答えると、白楽が頷き、白柳に手振りで何か伝えた。

すると白柳が広間の奥へ行き、札と水樹が描いた絵の束を持って戻ってきた。

どうやら覚悟を決めなければならないようだ。

「……絶対に、ここに戻ります。翠巒を倒して、戻ってきますから！　だからどうかっ……」

生き抜いてほしい。

そう告げる前に、ジンとライとが体を支え、三人が光の柱に包まれた。

倒れている調伏師の眷属の式神が二人、そして札と絵と持った白柳が柱の中に加わる。

「頼んだぞ！」

白楽の声だけを残して、水樹は『里』をあとにしていた。


「あそこだ。下りるぞ」

ライの言葉に、式神たちが頷く。

水樹は自分を抱きかかえるライの腕にしがみついて、雲の上から地上へと降下する風圧に耐えた。

（あ……、ここ、知ってる！）

一行が降り立ったのは本州北部の山中、霊峰と呼ばれ人も近づかぬ険しい山の中腹にある、木々に囲まれた開けた場所だった。

沈みゆく夕日に照らされたそこは、水樹が何度も夢に見てきた古戦場、紅焔とジン、ライが五百年前に別れた場所だ。

ついにこの場に降り立ったのだと、胸が高鳴る。

「邪気が薄いな。下僕どもが出払っているせいか」

白柳が言って、周囲を見回す。

「そこが入り口なのか、迅雷？」

「ああ、そうだよ。あの奥に奴がいる」

ジンが指示した方向に岩肌があり、そこにぽっかりと洞窟の入り口が開いているのが見える。

警戒しながら近づいていくと、結界を示す印の石はひび割れ、封印の札もすでに呪がかすれて、効力を失っているのが分かった。

だが下僕たちが『里』に群がっているせいか、近づけないほどの邪気は感じない。

（この中に、翠巒が……！）

紅焔、ジン、ライの悲願。そして囮になってくれている『里』の者たちの願いを、自分が叶えなければ。

水樹は白柳から受け取った札の中から自ら描いた絵を取り出し、地面の上に広げた。

「始めます」

「ああ、頼む、水樹」

「……現れ出でよ！」

鋭く命じると、虎や大鷲、鷹などが紙から飛び出してきた。

それから「灯火」と書かれた札を数枚懐から取り出し、中空に放り投げて呪を唱える。

「闇を照らせ」

水樹の声に応え、ふわふわと漂う札が水樹たちの頭上で輪を作って光を放ち始める。

力が完全に目覚めた今では、もうこれくらいで疲れてしまったりはしない。

「よし、準備はいいな？　じゃあ行こう。先行してくれ」

ジンが動物たちに言って、洞窟の中へと入っていく。水樹とライ、白柳が続き、残りの二人はしんがりを務める。

洞窟の中には、禍々しい気が立ち込めている。

「おー、懐かしいねえ。背筋がブルッとくる。五百年前を思い出すよ」

ジンが言って、洞窟の内部を見回す。

「この辺りは屍累々だったな。式神もどんどんやられて散華していったっけ」

「散華……、っていうのは、もしかして？」

「式神にとっての『死』だよ。翠巒は今みたいに封印された状態じゃなかったからね。村人や家畜を食って、人里をいくつも壊滅させてたし」

「ジン、あまりしゃべるな。水樹が怯えてしまう」

ジンの軽い口調を、ライがたしなめる。横合いから白柳が口を挟む。

「封印を施した紅焔様を除いて、調伏師は皆亡くなったと聞いているが記録も伝聞だけで、詳細は不明だと」

「だろうな。あのときのことは俺たちしか知らない。だが大丈夫だ。二度同じ失敗は……」

ライが言いかけたそのとき、洞窟の奥からゴウッと生臭い風が吹いてきた。ジンが光の太刀を出現させながら言う。

「お出迎えだ。蹴散らすよ！」

「おう！」

二人が前に進み出ると、奥から下僕が十体ばかり飛んできた。

ジンとライが端から両断していく。

それを見た白柳が、水樹の後ろを守っていた式神二人に加勢するよう告げ、前に立って太刀を握った。

「さほど数は多くないようだ。私が盾になって本体まで突っ切ります。ついていらしてください！」

「お願いします！」

答えると、白柳が足早に駆け出し、襲い来る下僕を蹴散らしながら進んでいく。水樹も白柳の陰に隠れながら必死に駆けると、やがてドーム状の空洞に行き着いた。

「うわっ、あんなに下僕が……！」

空洞の中いっぱいに、下僕の黒い影がひらひらと漂っている。邪気も先ほどより濃くなっていて、やや気分が悪くなるが、先行した動物たちのおかげで下僕は地面の近くから追い立てられていて、進路は確保されている。

空洞のもっとも奥まった場所には、大きな岩が見えた。

「あそこですね、翠巒が封印されているのは」

白柳が言って、水樹に告げる。

「まだかろうじて封印の力が効いているようです。このまま『滅却』の札を使えば……！」

『そうはさせるか』

「っ？　ぐぁああっ！」

地を這うような声が聞こえた次の瞬間、水樹の前に立っていた白柳が悲鳴を上げた。

そのまま白柳の体が二つに裂け、蒸発するみたいに飛散する。

「白柳さん……、白柳さんっ？」

突然のことに一瞬状況がのみ込めなかったが、目の前に翠巒の生霊が立っていたので、慌てて懐から札を出した。

「守って！」

札の文字は「鉄壁」だ。水樹の周りに透明な壁が出現する。

『ようやく能力に目覚めたか。紅焔と同じように、眷属どもに慕われているようだな？供の者も五体……、いや、もう四体か。今のは脆弱な式神だった！』

「くっ……」

眼前で白柳を「殺された」ことを実感させられ、ぐっと拳を握り締める。

（でも、気持ちを乱しちゃダメだ）

気を強く持って、迷いなくまっすぐに立ち向かわなければ。

水樹は懐から札を出し、強い口調で言った。

「僕は、一人じゃありません。みんなであなたを倒します！　生霊退散！」

「除霊」の札を使い、呪を唱えると、翠巒の生霊がクッと笑って姿を消した。

そこへ『里』の式神たちと、ジン、ライがやってくる。

「大丈夫か、水樹！」

「はい、でも白柳さんが……！」

「封印が解ける前に調伏したほうがいいね。行こう！」

ジンが言って、先に進む水樹もあとに続いて、封印の岩まで進む。

やがてたどり着いた岩には、紅焔が施した封印の札が何枚も貼られていた。

そのどれもが今にも破れそうな上、岩自体が熱を発して微かに脈動しているのが分かって、ゾクリと背筋が震える。

「ここに、本体が？」

「ああ。かなり熱くなっているな」

ライが言って、『里』の式神たちに告げる。

「生身の俺たちには触れられない。すまないが支えてやってくれ」

「承知した」

『里』の式神の一人が答え、二人で岩の左右に立って、両手で岩を固定するように押さえる。

「お師様、札を」

「分かりました」

水樹は言って、懐から「滅却」の札を取り出し、地面に置いた。ジンとライが水樹を守るように斜め前に立って、万一に備えて太刀を構える。

水樹は深呼吸を一つして、岩を見据えた。

心拍が激しくなるのを感じながら、呪を唱えようとしたそのとき――。

「……っ！　待て、離れろ！　罠だっ！」

ジンが叫んで水樹の体に覆いかぶさってきたので、水樹は地面に倒れ込んだ。

二人をかばうようにライも身を重ねてきた次の瞬間、彼の背後で爆発が起き、耳をつんざくような破砕音が空洞いっぱいに響き渡った。

「うぉお！」

「ぐわあっ」

『里』の式神たちの唸るみたいな声が上がる。

それが断末魔の悲鳴で、二人もまた散華したことを、鈍い胸の痛みと共に感じる。

「クソ、もう封印が解けていたのか」

「やけに手応えがないと思ったぜ！」

忌々しげなジンとライの肩越しに目を向けると、そこにはもう岩はなかった。代わりに黒い影をまとった長身の人型の魍魎が、表情のない顔でこちらを見ていた。

（あれが、翠巒！）

翠巒の本体は、生霊よりもさらに強い邪気を放っている。

大鷲や鷹によって空洞の天井付近に追いやられていた下僕たちをどんどん吸い込み、体もぐんぐん大きくなっていく。

向き合っているだけで戦慄させられるほどの、邪悪な力を感じる。

『供が二体になったな。しかも二体とも堕ちかけている。それで私を調伏できるとでも？』

「……調伏、します。してみせます！」

震えそうになりながらも、水樹は叫んで、懐から絵札をすべてつかみ出した。

「現れ出でよ、そして取りつけ！」

命じると、絵札から猛禽や猛獣が十数体現れて、翠巒に襲いかかった。

時間稼ぎにしかならないが、翠巒が一瞬気を逸らした隙に、ジンとライが水樹を抱き上げて後方に退いた。

ジンが体勢を立て直しながら、背後にかばった水樹をチラリと振り返って言う。

「紅焔と話したのなら、こうなったらどうすればいいか、もう分かってるよね？」

「……！」

「挑戦できるのは、恐らくは一度きりだ。絶対にためらうなよ？」

「は、はい……！」

ライに返事をして、猛獣たちを蹴散らす翠巒をにらみ据える。水樹はぐっと腹に力を入れて、二人に命じた。

「翠巒を、取り押さえてください！」

水樹の言葉に、二人が光の太刀を手に翠巒に向かっていく。

翠巒がせせら笑うように言う。

『愚か者どもが！　貴様たちなど敵ではない！』

翠巒が両腕を広げ、その先を何本もの鋭い針にして、ジンとライとに向けてくる。

「ううっ！」

「くっ」

ジンとライの体が無数の針で貫かれる。

人の体を持つ二人は、激しい痛みを感じているだろう。

だが迷わず突き進み、翠巒の両腕を太刀で切り落としてその体にしがみつく。

『……ほう、少しはやるようだな。だがこんなものはいくらでも再生できる』

翠巒が言うと、体から無数の蔓状の触手が生えてきて、ジンとライの体を締め上げ始めた。

ジンが苦しげに言う。

「水樹、やってくれ！」

「今しかないぞ！」

ライも言って、翠巒の体に回した腕に力を込める。水樹は頷いて、一枚の札を手にした。

書かれた文字は、「滅尽」。

すべてを滅ぼすもっとも強力な札だ。力の消耗が激しいので、使えるチャンスはただ一度きりしかない。

持てる力の全部を注いで、二人もろとも翠巒を調伏する。それが紅焔と水樹、そしてジンとライが、暗黙の裡に決めた戦術だ。

「翠巒、あなたを調伏します！」

水樹は叫んで、膝をついて札を地面に置いた。

すると翠巒が、クッと喉で笑った。

『なるほど、そういうことか。こやつらも共に散華させるつもりだな？　だがそれはできぬことだろう』

そう言って翠巒が、水樹に目を向ける。

『紅焔の生まれ変わり……、水樹と言ったか。おまえは本当に迅雷を討てるのか？』

「……っ？」

『こやつらと根城で暮らすおまえを、私は見ていたぞ。すでに道ならぬ情を抱いておるのであろう、魍魎へと堕ちかけているこやつらに？』

「なっ……」

――――目の前の敵に、心に秘めた想いを見抜かれている。

そう気づいてギョッとする。ジンとライも驚きを隠せぬ様子でこちらを見つめる。

翠巒が嘲るように言う。

『まったく愚鈍な者どもだ！　情に流されて使命を全うできぬとは！　愛という名の呪いにかかった人間の愚かさは、いつの時代も救いようがないな！』

「うぐっ、ああっ」

「ううっ、く！」

ジンとライを締め上げる触手がさらにきつく締まり、皮膚にぎゅうぎゅうと食い込んで、みるみる紫がかった色になっていく。

愛する二人が苦しんでいるのがつらい、二人を助けたいと、そんな気持ちがもたげてくるけれど。

「僕は……、違います！」

『何？』

「ジンさんとライさんを、僕は愛しています。愛しているからこそ、二人の願いを叶えたい……、絶対に、叶えてみせます！」

水樹は言って、地面に置いた札の上に手を添えた。そして大きく息を吸い込み、ありっ

たけの想いを込めて呪を唱えた。

「魍魎、調伏ッ！」

瞬間、全身を稲妻が駆け抜けたような衝撃が走って、体が吹っ飛びそうになった。

背を丸めて何とかこらえ、前方を見据えると、翠巒が信じられないといった目をしてこちらを見ていた。

その黒い腹の辺りが金色に光り、亀裂を作りながら広がっていく。

『ば、かな……、何故……』

札が効力を発揮していることが分かり、気が昂ぶる。水樹は札に添えた手に力を込め、翠巒に告げた。

「ジンさんとライさんの五百年分の想いが、僕に力をくれたんです！　どうか今度こそ消えてください！　永遠に！」

叫んだ刹那、翠巒の体、次いでジンとライの体が、金の光に包まれた。

眩しくて目を細めていると、翠巒の体が大きく弾け、やがて金の粒子になって飛散していくのが見えた。

ジンとライの体は――――。

「ジンさん、ライさん！」

光の粒が流れ去った場所に、二人が倒れているのが見えたので、急いで駆け寄って声をかけた。

金色に輝く二人は、まるで黄金の彫像のように美しい。

今しも滅びようとしているとは、とても信じられないくらいに。

「ついにやったね、水樹」

「完璧だった。きみなら成し遂げられると信じていたよ」

「ジン、ライ……」

二人の穏やかな声音に、たまらず涙が溢れてくる。

もう二度と会えないのなら、この想いをきちんと告げたい。

水樹は二人の手を取って涙声で告げた。

「お二人と出会えて、僕は幸せです。初めて誰かを、愛しいって思えたから」

「水樹……」

「愛しています。お二人が紅焔さんのことだけを想っていたとしても、僕はお二人が好きです。もっと一緒に、いたかったたっ……」

嗚咽をこらえきれず、震える声でそう言うと、二人が笑みを見せた。

「きみがそう言ってくれて、心から嬉しいと思うよ。なあ、ライ」

「ああ。俺たちも、きみに愛とは何かを教えてもらった。きみとの出会いは奇跡だ」

ジンとライが言って、水樹の手を握り返す。

「さようなら、水樹」

「本当に、ありがとう」

静かな言葉と共に、二人の体が砂のように飛散する。

水樹は言葉もなく、ただ泣きながらその光景を見送るばかりだった。

■　■　■

「ただいまー」

「あら、水樹。お帰りなさい。早かったのね」

大学から帰宅した水樹に、母がリビングの入り口から顔を出して声をかけてくる。

玄関のたたきで靴を脱ぎながら、水樹は言った。

「学校だと落ち着かないから、ちょっと家で作業しようと思って」

「そう。卒業制作、進んでるの？」

「一応。でも、個展の準備のほうも忙しくてさ」

軽くぼやくと、二階から下りてきた姉が言った。

「あらあら、水樹ったら。いっぱしの芸術家先生みたいじゃない」

「そんなんじゃないけど」

「個展、父さんと兄さんも行けることになったから、一緒に行くからね。おばあちゃんも町内会の人たちを誘ってくれるって」

姉が言って、誇らしげな顔をする。

「お誕生日には取材も来るんでしょう？　ギャラリーに特製ケーキ届けてあげるからね！」

「ありがとう。じゃあ僕、部屋で作業してくるね」

水樹は言って姉と入れ替わりに階段を上り、今はもう完全に水樹の作業部屋になった、かつての父の書斎へと向かった。

ごく普通の美大生に戻って、早三年。水樹は日々、絵画の制作に追われている。毎日忙しいが充実した生活だ。

――現代に甦った強大な魍魎、翠巒を調伏した若き調伏師、水樹。

あの出来事のあと、水樹の勇名は全国に点在する『里』にとどろいた。

そのおかげで、翠巒の下僕たちの襲撃を受けて壊滅しかかった『里』には多くの『里』から支援の手が差し伸べられ、今後は手を取り合い、連携して魍魎の浄化退散に当たっていくことが決まった。

水樹は翠巒を調伏した「英雄」として、白楽やほかの『里』の長老たちから、全国の調伏師たちをまとめる要の役割を担うことを期待されたが、それを固辞して『里』を出た。

元々『里』で生まれ育ったわけではなく、翠巒ほどの魍魎の脅威は当面存在しないことが確認されたためだが、早く日常に戻って、ジンとライを失った現実から離れたいという気持ちもあったからだ。

幸い、止まってしまっていた日常は比較的すぐに元に戻った。

けれど、水樹が二人と過ごした濃密な時間は二度と戻ることはなく、二人への気持ちも成就することはないのだとすぐに気づかされた。

だから日常生活に戻ったばかりの頃、水樹は毎晩泣いてばかりいた。

でもある日、そんな気持ちを整理するためにこそ創作をしようと、水樹はそう考えた。

そして二人と過ごした得難い時間、彼らへの思いのたけを、抽象画の形で大きなキャンバスに描いたところ、思いがけず学生の身ながら名のある賞を受賞することができた。

それからは順風満帆で、水樹は今や、将来を嘱望される新進気鋭の美術家だ。

まるで紅焔やジンやライがこの道を後押ししてくれているような、そんな気すらしている。

「夕方までに、仕上がるかな」

部屋でいつもの制作用のエプロンを身に着けて、水樹は筆を取った。

それから数時間後のこと。

「んー、ないかあ。家にあると思ったんだけど……」

水樹は家の庭の隅にある物置の中で、画材をしまってある収納ボックスを引っくり返していた。

絵を描くのに必要な溶液の一つが部屋になく、ここならあるかと探しに来たが、どうやら切らしていたようだ。

一心に作業していたらいつの間にか日が暮れていて、すっかり夜になってしまっている。買いに行こうにも画材店は閉まっている時間だ。

続きは明日にして、違う作業をしようか。

そう思いながら、収納ボックスをしまおうとした、そのとき。

「……あ……」

ボックスの奥に押し込まれた、布にくるまれたキャンバス。埃（ほこり）をかぶったそれが何故だかふと目に留まり、水樹は手を止めた。

いつもならば見なかったことにして、さっさと物置を出るのだが。

『ところで水樹。この前、もうすぐ誕生日だって言ってたよね？』

『はい。来月で十九になります』

『そうか。じゃあこれ、もらってくれるかな?』

三年前。

アルバイト先の喫茶店で、ジンと交わした会話。姉と誕生日の話をしたせいか唐突に脳裏に甦って、水樹の心は少しばかり揺れた。

ジンとライが二人で作ってくれた、守りの腕輪。腕につけたときの銀の重みを、今でもありありと思い出せる。

魍魎の下僕から水樹を助けてくれた二人の大きな背中。

生霊に襲われ、駆けつけてくれた二人を見て感じた安堵感。

何もかもが鮮明に思い出されて、胸が苦しいくらいだ。

水樹はたまらず、キャンバスを引き出して布を剝がした。

「……紅焔さん……。ジンさん、ライさん……」

水樹が何度も見た夢の中の、凜とした三人の立ち姿。

今となっては遠い日の記憶だ。

翠巒を調伏し、ジンとライが消えていくのを見届けたあの日以降、水樹は三人の夢を見ていない。描きかけだったこの絵を見るのも何だかつらくて、未完成のままここに押し込んでしまっていた。

「……ジン……、ライっ……」

三人の顔は、ぼんやりとしか描かれていなかった。

けれど、最後まで夢の中でしか会えなかった紅焔と違い、実際に向き合って言葉を交わし、体で触れ合ったジンとライの顔は、今でも鮮やかに思い出せる。

そしてそれだけに、切ない気持ちが胸に溢れてくる。

三年の月日が経ち、あの頃とは大きく隔たった世界で暮らしていても、彼らへの想いは少しも薄れてはいないのだ。

そう思い知らされて、じわりとまなじりが潤んでくるけれど――。

（もしかしたら……、今なら二人と、向き合えるんじゃないかな）

哀しみを誤魔化すことはできないが、描くことで心を整えることはできる。

水樹の三年間は、ある意味それを知るための時間だった。彼らと過ごした時間が今の創作に繋がっているのだから、描いてきたものの集大成として、そろそろ二人を描いてみたい。記憶にある二人の姿を、完璧に甦らせたい。

そんな気持ちが、むくむくと湧き上がってくる。

「僕は芸術家先生になりたいわけじゃ、ないんだ……」

本心から描きたいものを見つけた興奮に、ゾクゾクと震える。

描きたい気持ちを逃したら、いつ描けるか分からない。とにかくすべてをなげうって、今すぐ取りかからなければ。

創作の情熱に取りつかれるままに、水樹は物置を飛び出した。

ジンの眉はスッと通っていて、目は少しばかり垂れ目気味だ。くっきりとした顔立ちだが優しい表情が多く、笑みを見せると少しだけ目尻にしわがよる。

ライの目は細くて、鼻は高めだ。口唇は薄く、あまり感情が顔に出ないが、照れて赤くなった顔はとても印象的だった。

二人の肩や腕など、白装束から外に露出している部分の筋肉はとても立体的で、胸や腹はパンと盛り上がっている。

美しい銀髪はたっぷりと豊かだが、黒髪にしているときの落ち着いた雰囲気も悪くない。

二人とも、町ですれ違ったら立ち止まって振り返りたくなるような容姿をしている。

「うん。二人は、こんなふうだったな」

細部を描く細い筆を動かしながら、水樹は独りごちた。

朝からずっと描いていたら、今日もあっという間に夜になり、窓の外の空にはぽっかりと丸い月が浮かんでいる。

ジンとライを描こうと思い立ってから、丸三日。

水樹はほかの予定を後回しにして、一心不乱に二人の姿を描いてきた。必要なとき以外作業部屋にこもりきりだったが、抽象画で賞をもらったとき以来ときどきこういうことがあるので、家族もあまり干渉せず好きにさせてくれている。

描いている間は、その対象と自分だけの大事な時間だ。

（最初は、ただ二人に憧れているだけだった）

アルバイト先にやってくる「先輩」。

気さくなジンと、寡黙だが穏やかなまなざしのライ。

夢に出てくる二人だとは気づかなかったが、二人のことはずっと昔から知っているような感覚があった。

それから翠巒の下僕や生霊に襲われ、力を目覚めさせるため二人と暮らして、抱き合うようにもなった。

駆け抜けるみたいな短い時間の中で、水樹は初めての恋をした。

けれどそれは成就することなく、二人は消えていった。彼らの最愛の主、紅焔の宿願を果たして――。

「……これで完成、かな」

ジンとライの赤と青の瞳に微かな光を描き足して、水樹は筆を置いた。

絵を描くときはいつも、どこでおしまいにするか悩むが、この絵ばかりはそれがなかった。何か大きな力に後押しされているみたいな感覚で、筆が自然に動いたのだ。

そして今、キャンバスには式神の兄弟、迅雷の姿が、これ以上ないほど完璧に描かれている。髪も表情も、骨や筋肉の形も、白装束の質感やしわも、まるで写真みたいに現実感がある。自分でも驚くほどの再現度だ。

（やっぱり素敵だな、二人とも）

にじみ出る高潔さと、強い心。

体は魍魎へと近づいていたけれど、二人の魂は最後まで堕ちなかった。

たとえすべてが紅焔のためであったとしても、そんな二人だから好きになったのだと、今なら分かる。

けれどやはり、少しばかり妬ける。水樹は描かれた二人の顔を順に眺めて、薄く笑みを向けた。

「今はあの世で、一緒にいるんですか、紅焔さんと？」

語りかけながら、水樹はまだ湿っているキャンバスの中の二人の顔に、そっと指先で触れた。

「結局、最後まで敵わなかったなぁ、あのひとには。お二人の気持ち、ずっとつかんだままでしたよね」

水樹は言って、ためらいながらも続けた。

「今だから言いますけど……、お二人のすべてをくださいって言ったの、僕の精一杯の告白だったんですよ？　だって僕は、お二人のことが好きだったんだから。眷属なんかじゃなくて、恋人になってほしかったんだからっ……」

初めて口に出した、水樹の本当の気持ち。

そんなつもりはなかったのに、言葉にしたら感情が溢れて、目の奥がツンと痛くなった。

自分は今でも二人を想っている。ずっと変わらず恋しく思っているのだと痛感して、涙が浮かんでくるのを止められない。

湧き上がる想いのままに、水樹は言った。

「逢いたい……、逢いたいですよ、ジンさんと、ライさんに……。紅焔さんが一番だって分かってても、僕の傍に戻ってきてほしい……、ずっと一緒に、いてほしいですっ」

震える声で叫んだら、つらい気持ちをこらえられなくなった。

ぺたりと座り込んだ床に、ぽたぽたと涙粒が滴り落ちる。

我慢しようとしたが、しゃくりあげるみたいな嗚咽が、喉からどんどん洩れてきて――

――。

「……ああ、水樹。そんなに泣かないで」

「俺たちは、ちゃんとここにいるぞ」

「――――っ？」

聞こえるはずのない声が聞こえてきたから、耳を疑った。

ボロボロと涙を流しながら恐る恐る顔を上げると、目の前にジンとライがいて、少し困った顔でこちらを見ていた。

自分が見ているものが信じられなくて、うろたえてしまう。

「な、んで……？　どうしてっ」

「もちろん、呪を唱えてくれたからさ」

「呪を……？」

ジンの言葉に戸惑っていると、ライが小さく笑って、今さっき完成したばかりの絵を指差した。

描いたはずの二人の姿は、そこにはもうなかった。何が起こったのかようやく分かって、泣きながら笑い出してしまう。

「あ、ははっ、戻ってきてくれたんですか、本当にっ？」

「ああ、そうさ」

「でも、穢れは？」

「生身の肉体はきみが調伏しただろう？　人の身の穢れはすっかり祓われて、俺たちは霊体に戻ったんだ。元々、式神だからね」

ジンが答えて、いつもの人懐っこい笑みを見せる。

「けどきみが呼んでくれなかったら、ここにこうして現れることはできなかった。あのまま吹っ切れて、俺たちのことなんて忘れちゃうかもって不安だったけど、きみは俺たちのことを、ずっと想ってくれていたんだね？」

「……ジンさん……」

「きみの強い想いが、俺たちをまたこの世界へ呼びよせた。調伏師水樹の眷属、兄弟式神の迅雷としてな。きみはこれからも、俺たちの主だ」

ライが言って、小首を傾げる。

「……しかし、それはきみの本当の望みとは、少し違うようだな？」

「ふふ、そうだね。水樹は俺たちに、もっと別のことを望んでる。そしてそれは、俺たちも同じだ」

ジンが嬉しそうに言って、そっと水樹の手を取る。

「ねえ水樹。もしかしてきみは、紅焔に嫉妬していたの？」

「えっ！　と、それ、は……！」

「そのように聞こえたな、先ほどの言葉も、あの日最後に告げてくれた言葉も。とても、人らしい感情だ」

ライがそう言って、ジンが握った水樹の手に優しく手を添える。

「だが、もうそんなふうに思う必要はない。俺たちの心はきみのものだ。きみがそうであるように、俺たちもきみを、愛している」

「本当、に……？」

「ああ、本当だよ。人の体を得たのは紅焔との縁ゆえだが、俺たちに感情の名前を教えてくれたのは水樹だ。きみに対して抱いたこの気持ちが、愛だってことをね」

「……！」

「俺たちのほうこそお願いするよ、水樹。どうかずっと傍に置いてくれ。きみの眷属として。そして、恋人として」

二人の告白に、心が震える。

もう二度と会えないと思っていたのに、再び目の前に現れて愛を告げてくれた。自分が二人を想っているように、二人も想ってくれている。

こんなふうに望みが叶うなんて、まさか思いもしなかった。

（……そうか。紅焔さんが言ったのは、こういうことだったんだ）

『最後にあなたを助けるのは、あなた自身の力』

紅焔の言葉が、ようやく実感を伴って理解できる。

彼の言葉は本物の調伏師の言葉だ。邪悪を砕き、望みを叶える力を持った強い言葉。

そしてその力を受け継いだ自分も、やはり調伏師なのだ。傍にいてほしいと願った自分の想いが、その言葉が、二人に通じたのだ。

こんなにも幸福なことがあるだろうか。

「嬉しいです。お二人が、そう言ってくれるなんて」

水樹は素直な気持ちで告げ、ジンとライの顔を順に見つめて言った。

「ジンさん、ライさん。もう、どこにも行かないで。どうかこの命が尽きるまで、ずっと一緒にいてください」

ジンとライの顔に、甘く優しい表情が浮かぶ。

記憶よりも描かれた絵よりも、二人はさらに美しく、魅惑(みわく)的な顔をしていた。


「……あ、見えてきました。あそこの竹林が見えるところですよね、ジンさん？」

「そうだね。ちゃんとあの日のままになっているみたいだ」

「下りるぞ」

ライが言って、薄く雲がかかった夜空から、月光に照らされた地上へと下りていく。

ジンとライに身を支えられて空を飛ぶのも久しぶりだ。

力強い腕や体の感触は以前とさして変わらないが、今の二人は霊体なので、実体は感じるのに重さや嵩(かさ)がないような、何とも不思議な感覚がある。ジンが以前、次元の違うところにいるようなものだと言っていたが、まさしくそのようにしか表現できない状態だ。

（でも、ここにいるって分かる。僕の傍に）

二人に抱かれて根城のある山に下り立ちながら、そう実感してドキドキしてくる。三人だけになろうと、実家の部屋の窓からこっそり抜け出してきたが、興奮が止まらない。

「入り口は、ここだったな」

ジンが言って、ライと二人で何か言葉を唱える。

すると空中に結界の印が現れ、そこが戸口のように開いて、三人を迎え入れてくれた。

二人によれば、ここは三年前、翠巒の生霊に負傷させられた水樹を連れて、『里』へと旅立ったときのまま、時間が止まっていたらしい。

庭から建物のほうへと入っていくと、雨戸も障子も開け放たれたままの寝室の畳に、月光が射し込んでいるのが見えた。部屋をほのかに照らす今夜の月光の青白い色に、過去と現在とが繋がったことを感じて、ますます胸が高鳴る。

水樹はこれから、ここで二人と契りを交わし合うのだ。眷属であり恋人である兄弟式神、迅雷と、生涯の愛を誓い合うために――。

「戻ってきたね、水樹。俺たちの根城に。俺、凄くわくわくしてるよ」

縁側から部屋に上がり、懐かしい畳の香りを胸に吸い込んでいると、ジンが水樹に向き合ってそっと身を寄せ、甘い声で告げてきた。

ライは背後から水樹に近づき、腰にさりげなく腕を回して抱き寄せて、耳朶に口唇を近づけてくる。

「やはりきみはいい香りがするな。霊体の身に戻ったのに、ひどくそそられる」

「お二人、とも……」

月明かりだけが照らす部屋の中では、二人の気の高まりがよく見える。自分だけが興奮しているわけではないのだと分かって、欲情が昂ぶってくる。

「もう今すぐ抱き合いたい。キスしても、いいかい？」

「は、い……、ン、ん……」

ジンにチュッ、チュッ、と啄むみたいに口づけられ、それから口唇に吸いつかれて、甘い悦びに背筋が震える。

水樹の温度を確かめるような、優しいキス。

軽い接触なのに、それだけで頭がボッと熱くなる。ライに背後から頬にキスされ、応じようと首を傾けて僅かに振り返ると、今度はライの口唇が水樹のそれに重ねられた。

下唇を食むみたいにされてから、舌でチロリと舐められて、濡れた感触にゾクリとなる。

二人ともっと交わりたくて、体の芯が熱くなってくる。

「触れて、ください、僕の体に」

たまらずねだると、二人の手が立ったままの水樹の体を服の上から撫で、ボタンやファスナーを音もなく外して、ひらりと衣服を脱がせてきた。

一糸まとわぬ水樹の体をうっとりと眺めて、ジンが言う。

「きみの体は、あれから三年経っているんだね？」

「そうですね……。これからも、僕だけどんどん年を取っていってしまうんですよね？」

「何も気に病むことはない。俺たちが交わるのはきみの魂だ。肉体が老い、やがて朽ちたとしても、その輝きは永遠に薄れることはない。魂とはそういうものだ」

ライが言って、そのクールな顔にほんの少し淫靡な表情を覗かせる。

「だが人の体に宿っていた俺たちは、もう肉体の悦びを知っている。きみを悦ばせ、きみと共に悦びに耽溺することができる。これは、俺たちだけの特権だ」

「ライ、さ……？　あ、あん、ん……」

ライに背後から首筋に口唇を這わされ、前に回した手で胸や腹を撫でられて、息が乱れる。前に立ったジンが笑みを見せ、水樹の顔にぐっと顔を近づけて言う。

「可愛い水樹。俺たちにはこの三年は短かったけど、きみに呼びかけてもらえなかったら、恐らく永遠にきみとは再会できなかった。この体とまた触れ合えるなんて、それだけで奇跡なんだよ？」

「は、ぁあ、ジ、ンっ……」

ジンの手が水樹の肌を滑り下り、腰や双丘、太腿をまさぐるみたいに撫で回す。

鎖骨の辺りに口唇を落とされて、思わずピクリと腰を振ると、ライも水樹のうなじに口づけ、口唇で背筋のほうまでつっとなぞってきた。体を撫でる手の動きもやや大胆になり、水樹の肌が薄く汗をまとっていく。

「ん、ふ、ぁあ、温かい……、霊体になっても、変わらないんですね？」

「肉体を持っていたときの記憶がちゃんと残っているからね。まあ、変えようと思えば自在に変えられるんだけど……」

「生身のきみと触れ合うときには、このくらいの体温が一番心地いい。こうして触れているだけで、溶け合いそうだ」

「あ、ぅんっ、ああ、あ……」

皮膚の上を這い回る、二人の指先や、柔らかい口唇。

その温かく優しい感触に酔う自分の声が、早くも甘く蕩け始めているのを感じる。二人に愛撫される悦びに、体が内から沸き立っているようだ。二人の手と口唇とが触れた場所から淫蕩の熱が広がって、腹の底がジクジクと疼く。

こんなふうになるのは、本当に久しぶりだ。

（二人と、こうしたかったんだ、僕は）

振り返ってみればこの三年間、水樹は何かに欲情することも、誰かと触れ合いたいと感じることもなかった。

なのに二人に再会した途端、身の内に封印されていた淫蕩の記憶が解かれたみたいに、激しい欲望が突き上げてくる。

触れられもせぬままに水樹自身が勃ち上がっていくのを感じたけれど、恥ずかしい気持ちなどは少しもない。愛しい二人に欲望が兆すなら、それこそが愛情の印だ。

自分は確かに二人を愛しているのだと感じて、笑みすら浮かんでしまう。

「ふふ、本当に可愛いよ、水樹。もうこんなにしてるの？」

「肌もしっとりと潤んできた。そんなにも、俺たちを求めているのか？」

問いかけてくるジンとライの声が、水樹の鼓膜を淫らになぞり上げる。

その声も欲情に濡れ、二人が興奮しているのが伝わってくる。

自分が求められているのだと感じて、悦びがさらに募る。

「ぁ、あっ、触、って、もっと僕に、触れてっ……」

「どこに触れてほしい？」

「どこも、かしこも……、気持ちのいいところ、全部……！」

一人だけ裸で、立ったまま身をまさぐられながら、まるで欲望の虜(とりこ)にでもなってしまったみたいにそんなことを口走るなんて、さすがに少々羞恥を覚えるけれど、素直な気持ちを言葉にするのに、もうためらいなどはない。

二人が嬉しそうな声で言う。

「いいよ。たくさん欲しがって、水樹」

「きみの悦びが、俺たちの悦びだ」

「ジン、ライ……、ぁあ、んふっ」

ジンに指先で左右の乳首をつままれ、ライには背筋を舌でつっと舐め下ろされて、吐息がこぼれる。

グラグラと体が揺れそうになったから、ジンの首に腕を回してしがみつき、よろけそうな体を支える。

するとライが水樹の背後に屈み、腰をつかんで突き出させ、双丘のふくらみを揉みしだいて噛みつくみたいに吸いついてきた。

「は、ぁ、んん、ン」

「お尻を愛撫されるの、気持ちいい？　乳首がほら、こんなに硬くなっちゃったよ？」

「ぁんっ、ジン、ゃ、あぁ」

「花の蕾みたいだよね、水樹のここは。口に含んでしゃぶりたくなる」

ツンと勃った左右の乳首をジンに順に舌で舐められ、口唇で優しく食まれて、腰がはしたなく揺れる。

乳首はかなり感じるところで、舌で転がされ、口唇でチュクチュクと吸い立てられると、それだけで腹の底がジワリと潤んでくる気配がある。

勃ち上がった水樹自身もビンビンと跳ね、切っ先に透明液がつっと上がってきた。

乳首を軽く甘噛みして、ジンが言う。

「下からは果実の蜜が溢れてきたね。後ろの窄まりはどうかな？」

「見てみよう」

ライが言って、両手で水樹の尻たぶをつかんで狭間を開く。

「少しばかり綻(ほころ)んできたようだぞ。ヒクヒクと震えて、俺たちを求めているようだ」

「あっ、はあっ、ん、んぅう……」

ライが狭間に顔を埋め、後孔を舌でねろねろと舐め始めたので、腰がますます揺れ動く。

そこを舐められるのは、何だか動物にでもなったみたいな気分だけれど、二人を求める水樹の後孔は、欲しいものをもらえる期待に甘く潤(ほと)びていく。尖らせた舌で穿たれると柔襞が解けて、中が熱く蕩けていくようだ。

「あっ、あ、熱、いっ、ライの、舌っ」

「おっと、また蜜がこぼれてきたね。もったいないから、俺が舐めてあげよう」

ライに続いて、ジンも水樹の前に屈み、濡れそぼった水樹自身の根元に指を添える。幹を伝い落ちる透明液をつっと舐め取り、コクリと喉を鳴らして嚥下(えんげ)すると、ジンの銀の髪がざわりと揺れた。

ほうっとため息をついて、ジンがしみじみと言う。

「ああ、これが欲しかったんだ。また味わえて嬉しいよ」

「ジ、ン」

「白いのも、欲しい。俺に霊力を与えてくれ、主」

もったいぶったからかうみたいな目をしてそう言って、ジンが水樹の雄を口腔に咥え込む。そのまま大きく頭を動かされて、水樹は声を裏返らせた。

「ああっ、ああっ、ジン、ゃあっ」

頬を窄めて吸いつかれ、幹をジュプジュプとしゃぶり立てられて、ガクガクと膝が震える。

ジンの口淫は激しく、濡れた口腔の感触はたまらなく淫靡で、我を忘れて腰を振りそうになる。

すると後ろを舐るライに揺れる腰を押さえられ、さらに深くまで舌を挿し入れられて、内襞を捲るみたいに舐め上げられた。

前と後ろから二人に口で愛され、感じすぎて身悶えてしまう。

「あぁっ、うふっ！　駄、目っ、もっ、立って、られなっ……」

上体が倒れそうになったから、ジンの肩に手をついて支えると、ライが顔を上げて水樹の左肢を抱き支え、右膝の裏に手を添えて持ち上げて、前に屈んでいるジンの左肩に引っかけるようにしてきた。

大きく開かされた狭間に指先で触れて、ライが言う。

「だいぶ柔らかく開いてはきたが、もう少し解こう。久しぶりの交合だからな」

「……あっ！　ああ、あっ」

ライに長い指を二本、つぷりと後ろに沈められ、中をゆるゆると掻き回しながら出し入れされて、内壁が蠢動する。

内腔はもうかなり熱くなっていて、物欲しげに疼いてライの指に絡みつく。少しくらいきつくても早く繫がってほしいと、そんな焦れた気持ちにもなるけれど。

「あっ、はぁあっ！　そ、こっ、やあっ！」

もっとも感じる場所を指の腹でくるくるとなぞられて、恥ずかしく声が高ぶる。

指虐を逃れようと腰をくねらせると、前をしゃぶるジンが幹を吸い立てるスピードを上げてきた。

止めようにも止められぬまま、ひと息に頂へと駆け上がらされる。

「ああっ、ああっ、ぃ、くっ、達っちゃ……！」

背筋を弓なりに反らせて、水樹が絶頂を極める。

どっとこぼれた白蜜がジンの口腔に溢れ、窄まりがライの指をキュウキュウと締めつける感触に、かあっと頭が熱くなる。

「……綺麗だ、水樹。悦びに身を震わせるきみは、本当に美しい」

ライが言って、水樹の双丘にチュッとキスをする。

水樹の放った蜜をこぼさぬよう、ジンがゆっくりと雄から口を離し、コクリと飲み下して微笑む。

「きみの白蜜は最高だよ。力が漲ってくる」

「ジン……、ぅう……」

「……おっと。大丈夫か？」

体の力が抜けた水樹をライが抱きとめ、安座した膝の上に座らせながら気遣う。射精の恍惚にうっとりしながら、水樹は言った。

「大丈夫、です。出したの、久しぶりだったから」

「そうなのか？」

「なるほど、だからか！　凄く濃密だったよ、水樹の蜜。ライも味わうかい？」

「ああ、ぜひそうしたいな。だが、その前に……」

ライがジンに答えて、顔を上げて押し入れの襖のほうに視線を向ける。

すると襖がひとりでに開いて、中から勝手に寝具が出てきた。目を丸くすると、ジンが楽しげに言った。

「ふふ、ビックリした？　肉体の枷がなくなると、俺たちにはちょっとだけできることが増えるんだよ」

畳の上に魔法のように敷かれた布団の上にジンが移動すると、ライも水樹を抱いたままそちらへ移り、水樹の体をシーツの上に背中からそっと横たえた。

　ジンが水樹の右半身側に身を寄せて、思案げに言う。

「ほかにもいろいろできるんだけど、まあでも、水樹と交わるときにはなるべく力は使わないようにしようか。人に近い状態を保っていたほうが、より交合の悦びに浸れるしね」

「そうだな。人である水樹の反応をそのまま感じられるのが、一番いい。さあ、今度は俺に味わわせてくれ、水樹」

　ライが水樹の左半身側に近づいて肢を開かせ、横合いから身を乗り出して水樹自身を口腔に含む。

　そのまま幹の根元に指を添えて口唇で吸い立てられ、ビクビクと腰が振れる。

「あ、あっ、ンん、んっ」

「ああ、また乳首が勃ってきたね。こっちももっといじってあげよう」

「あっ！　はぁっ、ああ」

　また硬くなった乳首をジンが口唇で咥え、チュッ、チュッと音を立てて吸い上げる。

　水樹自身がそれに反応して跳ねると、ライが舌を絡めて頬を窄め、きつく吸いついて頭を揺すってきた。

「はっ、ううっ、ラ、イっ……！」

　達したばかりの自身は感じやすく、擦られるたびうなじの辺りに火花が散るみたいな感覚がある。ジンに乳首を舌先で弾かれ、押しつぶされ嬲られるのもひどく感じるから、それも相まって我を忘れてしまいそうになる。

（中にも、触ってほしいっ……）

前や乳首で快感を与えられるほど、解かれた窄まりの中が疼き、何やら飢餓に似た焦燥感を覚える。内壁は熱く震え、もっとも感じる場所はジンジンと脈打って、二人が雄を繋いでくれるのを待っているかのようだ。

二人に触れられると、水樹はどこまでも淫乱な欲望を覚えて体が潤んでしまう。

「後ろも、触ってっ。中が、ジクジク、するっ……」

半ば啼きの入った声で水樹が哀願すると、二人が後ろに手を伸ばして左右から指を沈めて、中をまさぐってきた。

「あうぅ、あぁ、ぃ、いっ、ああっ！」

乳首と欲望を激しく刺激されながら、同時に後ろを二人の指で掻き回されて、悶絶しそうなほどに感じさせられる。

水樹がシーツの上で身をくねらせ、快感に酔い始めると、ジンとライはさらに激しく口と舌とを使い、追い立ててきた。後ろに沈める指も一本、二本と増し、それぞれにバラバラに動かされて、内奥まで甘く熟れていく。

「水樹の中、もうトロトロだ。体中が蕩けてるみたいだね」

「ジ、ンっ」

「奥のほうがヒクヒク震えてきた。また達きそうなら、達っていいんだよ?」

「ひぅっ! ぁ、そ、こっ、ぃいっ」

感じる丸みをなぞられて、また絶頂の波が押し寄せてくる。シーツを手でキュッとつかんで息を乱しながら、水樹は叫んだ。

「あぁぁっ、達、ちゃぅ! また、達、くぅうっ……!」

腰を浮かせてライの喉奥に切っ先を押し当てた瞬間、水樹は二度目の頂に達した。

「あ、あっ……、あっ……」

トクッ、トクッとライの口腔に白濁を吐き出すたび、裏返った甘い声が洩れる。

窄まりは何度も二人の指をきつく締めつけ、そのたび背筋を喜悦が駆け上がる。

先ほどよりもさらに強烈な絶頂に、視界すらも定まらない。開かされた肢が震えて、腿の筋肉の束が痙攣しそうになる。

「……ああ、本当に素晴らしい味わいだな」

水樹の濁液を飲み下したライが、唸るみたいにそう言って、荒ぶる欲望を鎮めるように水樹の内股にチュッと吸いつく。

「本当に、凄い……。気が昂ぶって、どうにかなりそうだ」

「お、ライがそこまで滾るのは珍しいね。まあ、俺もだけどね」

　ジンがクスリと笑って言う。

　うろうろと泳ぐ視線を向けてみれば、二人の体は淡く光っている。白装束の下の欲望も、もう硬く屹立しているようだ。

「あ、ぁ、欲しいっ、もうお二人が、欲しいです……！」

　劣情に駆られ、喘ぐみたいに哀願すると、ジンが笑みを見せた。

「ふふ、そんな可愛い顔でおねだりされるなんて、嬉しいな。いっぱい気持ちよくしてあげたくなっちゃうよ」

　そう言ってジンが、意味ありげに続ける。

「いいよ、水樹。俺たちをあげよう。どうせなら、二人一緒に繋がってあげる」

「一緒、に？」

　言われている意味が分からず訊き返すと、ジンがライに同意を求めるように視線を向けた。ライが察したみたいな顔で頷いて言う。

「悪くないな。人の身では無理をさせることになるが、今ならばもう問題ないだろう」

「決まりだね。じゃあ、まずはライが先に繋がってあげて」

　そう言ってジンが、戸惑う水樹を抱き起こして体を預かる。

　ライが布団の上に安座して白装束を緩めると、ライ自身は今までに見たこともないくらい、大きく育っていた。

「凄、い！」

「あれはきみだけのものだよ、水樹。俺のこれもだ」

「あっ……」

ジンが腰を押しつけてきたので、彼の雄の形を感じた。

人間の肉体の枷がなくなった二人の剛直は、めまいがするくらい猛々しい。欲情を感じさせる濡れた声で、ジンが言う。

「覚えておいてくれ、水樹。俺たちは、主であるきみにしか欲情しない。俺たちはきみのものだけど、きみも俺たちだけのものだ。これから、ずっとだよ？」

「ずっと……？」

それは至極当然のことだが、改めて言葉に出されるとドキドキする。

恋人になるというのはそういうことだ。自分はこれからずっと二人を愛し、二人に愛されて生きていくのだ。

そう思うと嬉しくて泣きそうになる。

「来てくれ、水樹。きみを愛させてくれ」

ライが言って、両手を広げる。

水樹はごくりと唾を飲んでジンの腕を離れ、促されるまま向き合ってライの腕の中に入り、彼の首に腕を回して腰を跨いだ。

二人が解いてくれた窄まりに切っ先をあてがい、そのままゆっくりと腰を落としていくと――。

「ああっ、あっ、あぁあっ――――！」

「くっ……！」

ライ自身をずぶずぶとのみ込んだだけで、思いがけずまた絶頂を極めてしまい、雄を締めつけられたのかライが小さく唸る。

三年ぶりに受け入れた、ライの熱棒。その感触は、彼が人の体に繋ぎ止められていたときとは少し違う。

その質量も熱さも、最初から水樹のためにだけ存在しているかのようになじんで、少しの違和感もない。求めていたものを寸分たがわぬ形で与えられた感覚に、頭の天辺(てっぺん)からつま先まで痺れ上がるほどの強い悦びを覚える。

ライの腹の上にトロトロと白濁をこぼしながら愉悦に震える水樹に、ジンがクスクスと笑って言う。

「おやおや、ライと繋がっただけで達っちゃったのかい、水樹？」

「う、うっ、すみま、せ」

「謝ることなどない。きみが悦んでくれるなら、俺たちにこれ以上の悦びはない」

ライが言って、水樹の腰を両手でつかむ。

「もっと悦べ、水樹。俺たちと交わって、好きなだけ達するといい」

「ラ、イっ、ああっ、はぁ、あああっ」

ズクリ、ズクリと雄で下から突き上げられ、内腔をたっぷりと擦り立てられて、鮮烈な快感にめまいを覚える。

今まで感じたことのないほどの、天井知らずの愉悦。

意識が解放され、大きく広がっていくのを感じる。

「はあっ、凄いっ、気持ち、いぃっ……」

肉体だけでなく心まで、心地良い感覚が広がっていく。

多幸感としか言い表せない壮大な悦びに泣き咽びそうになりながら、ライの律動に身を任せていると、ジンが水樹の背後に体を寄せ、尻たぶに両手を添えて甘い声で言った。

「ライと、魂まで繋がったみたいだね。気分はどう？」

「た、まし、い……？」

一瞬、言われた意味が分からなかった。

だが、確かにジンの言葉通りだと、腹の底からありありと感じた。

肉体同士で結び合い、その中で互いの魂を触れ合わせていた以前とは違い、今はライの存在そのものを自分の中に感じる。互いの境界などはなくなり、一つに融合してしまったかのようだ。

すべてが溶け合い混ざり合うみたいな感覚に、身も心も歓喜する。

「あ、ああ、あああっ！　凄いぃっ、ライが、僕の中にっ！」

「俺の中にもきみがいるぞ。清く美しい、きみの魂がなっ……」

ライが上ずった声で言うと、淡い光を放っていた彼の体がますます輝いた。

これが主と眷属との交わり、本物の契りなのだと実感して、両の目からドッと歓びの涙が溢れてくる。

「俺も繋がるよ、水樹。三人で、一つになろう」

「ジ、ンッ、ひぁっ、ああっ、あああああっ――――！」

ライを深々とのみ込んだ後孔に、背後からジンが剛直を繋いでくる。

普通ならば受け入れられないほどの、圧倒的な質量。

けれどジンのそれも水樹の後ろにするりとなじみ、グプグプと奥までのみ込まれる。

精神と肉体とが、深いところで溶け合っていくのが分かる。

「ああ、凄いよ水樹！　きみの意識がどんどん溢れてくる！　全部が、融合していく……」

ジンが陶然とした声で言う。

体と心とに沈み込んでくるジンの存在感に、熱い涙が止まらない。ライもブルッと体を震わせ、濡れた声で唸るみたいに言う。

「く、ぅ、体が、止まらないっ、きみの悦びが、俺たちを昂ぶらせるっ」

「あぅっ、あああっ、や、あっ、はあぁぁっ！」

勢いを増した律動に、まともに言葉を発せられなくなる。

まるで獰猛な獣みたいな、ライの抽挿。

抑制を失ったような動きに、ジンが苦しげにウッと喘いだけれど、やがてつられたみたいに腰を揺すぶり、水樹の中に雄を突き立て始める。

二本の熱棒で前後から繰り返し突き上げられ、訳が分からないくらい感じて悲鳴を上げてしまう。

「ひああっ、あぐぅっ、も、駄、目っ、駄目ぇっ……！」

明滅する視界。揺さぶられる体と意識。

凄絶な交合にもはや自分を保つこともできなくなり、だらしなく緩んだ口唇から唾液がこぼれるのすら止められない。

三人で一つの悦楽、すべて分かち合う恍惚に押し上げられ、水樹はまた、愉楽の高みへと飛ばされて――。

「ひぐっ、うぅっ、ぁあああ……！」

めくるめく頂に、一瞬意識が遠のいた。

ジンとライが水樹の体を前後から抱きしめて、甘く囁く。

「愛している、水樹。我が主よ」

「この契りを持って、我々は真にあなたのものとなろう。あなただけのものに」

二人の厳かな口調に、交わされた誓約の確かさを知る。二人はもう、何があっても水樹の眷属だ。

そして何より、生涯の恋人――。

「僕も、愛しています、お二人だけを。ジン、ライ……、どうかずっと、僕の傍にいてください……！」

愛の言葉は届き、願いは叶う。

その歓びを、水樹は心の底から感じていた。

あとがき

こんにちは、真宮藍璃(まみやあいり)です。このたびは「宿恋の契り～魍魎調伏師転生譚～」をお読みいただきありがとうございます！

初の和風ファンタジーです。複数攻めものではありますが、攻め二人は一心同体のような存在で、ストーリー的にはライトノベルに近いお話になりました。

少しでも楽しんでいただけましたら幸いです。

挿絵を描いてくださったカミギ先生。お忙しい中お引き受けいただきありがとうございます！　先生の描かれるキャラクターがとても好きで、自分のキャラを描いていただけたのが夢のようです。瞳や肌が本当に美しくて、うっとり見入ってしまいます。本当にありがとうございました！

担当のM様。いつも自由に書かせていただきありがとうございます。いろいろと挑戦していきたいと思いますので、今後ともよろしくご指導のほどお願い申し上げます。

読者の皆様、もう一度ありがとうございます。またどこかでお会いできますように！

真宮藍璃

本作品は書き下ろしです。

この本を読んでのご意見・ご感想・ファンレターなどお待ちしております。〒111-0036 東京都台東区松が谷1-4-6-303 株式会社シーラボ「ラルーナ文庫編集部」気付でお送りください。

宿恋の契り ～魍魎調伏師転生譚～

2017年10月7日　第1刷発行

著　　者｜真宮 藍璃

装丁・DTP｜萩原 七唱

発 行 人｜曺 仁警

発 行 所｜株式会社 シーラボ
〒111-0036　東京都台東区松が谷 1-4-6-303
電話　03-5830-3474／FAX　03-5830-3574
http://lalunabunko.com

発　　売｜株式会社 三交社
〒110-0016　東京都台東区台東 4-20-9　大仙柴田ビル 2 階
電話　03-5826-4424／FAX　03-5826-4425

印刷・製本｜中央精版印刷株式会社

ISBN978-4-87919-998-0

LaLuna
毎月20日発売！
ラルーナ文庫
絶賛発売中！